転生Ωだけど運命のαにはなびかない

ナツ之えだまめ

RB
幻冬舎ルチル文庫

CONTENTS ✦目次✦

転生Ωだけど運命のαにはなびかない

✦カバーデザイン＝齋藤陽子(CoCo. Design)
✦ブックデザイン＝まるか工房

イラスト・亀井高秀✦

転生Ωだけど運命のαにはなびかない

大地の女神デアは、盟約を与えてアルファとし、証を与えてオメガとしたもう。

■01　ローザ公国の舞踏会

ローザ公国デア暦五七三年。役に立たない、遊び好きと噂され、「蒙昧王」と呼ばれた公王がいた。

ローザ公国は収穫の時期を迎えていた。

ワインを醸すためのブドウ、パンを焼くための小麦、冬に備えての牧草。どれも、この公国の人々を潤し、さらに周辺諸国に輸出するに充分な量があった。

自分たちが信仰する大地の女神デアに感謝をし、一日を終える。ローザ公国とは、そのような国であった。

その王都、ローゼリム。なだらかな丘の上に、公王を戴く王宮がある。

王宮の大広間では、このとき、ルドヴィクス・イプサム・グラティア・デ・ローゼリム、ローザ公国の若き公王が主催する舞踏会が催されていた。

小麦やワインの値段を決めるために、この季節には周辺国から外交使節が訪れる。その使節に随伴する奥方や令嬢のための舞踏会が催される。秋はローザ公国における、社交シーズンの始まりなのであった。

舞踏会の壁の花ならぬ、壁の染みのごとく、各国使節たちは会場の隅で互いの窮状を嘆きあう。

「なんとか、せめて昨年よりは小麦の値段を下げてもらわねば。さきの戦争で、人手が足りず、うちの農地からは例年の八割ほどの小麦しかとれておらぬ」

「そなたのところは、まだよいであろう。我が国では、北方で洪水があり、牧草地が全滅した。未だに羊が戻れずにいる」

「うちは、疫病が流行り、その対策に追われてブドウの手入れがおろそかになっておった。今年は収穫祭のワインさえ危うい」

使節たちは黙り込む。彼らの願いは共通していた。この国さえあれば。この、大地の女神デアの加護篤き、ローザ公国の地と恵みさえあれば。我が国は安泰なのに、と。

広間の中央で、疲れることなく踊り続けている青年。

髪は金色。すらりとした長身。歳は三十一になったばかり。

髪には、この国の名前に由来する薔薇をあしらい、絹に細かな宝石を縫いつけた衣装をまとい、肩からは飾り布を垂らしている。その男を見て、使節は顔をしかめる。

「お飾りの公王はお気楽なことだ」

西の大国ランバルドの使節はそうつぶやく。

ローザ公国先帝は各国との折衝に生涯を費やし、心労のために早逝した。「煩悶王」との別名がある。今の公王の別名は「蒙昧王」である。

「お飾りでも、あれだけ美しければ甲斐がありましょう」

そう言って微笑んだのは、使節が連れてきた高級娼婦であった。胸を大きく開いたドレスを着用している。公王とて、若い男だ。愛と官能の化身たるこの高級娼婦の前では、骨抜きになるであろう。

「あれが、おまえの獲物だ」

「お任せくださいませ」


ルドヴィクスは、すでに臑が痛かった。ついでに言えば、踊っているうちに踏まれること数回の足の甲は、きっと腫れている。舞踏会なんて、ほんとはまったく好きじゃない。帰りたい。早く、帰りたい。剣を振るっているほうが、何倍もましだ。これは苦行だ。

耳元に叱咤（しった）の声がする。「繋（つな）がっている」イルドの声だ。

『もっと微笑んで。軽やかにステップを踏むんだ。楽しんでいる顔をして』

イルドは、女神からのギフトである「遠見（とおみ）」で、舞踏会の様子を見てルドヴィクスに助言をしてくれている。ルドヴィクスは、口の中だけで誰にも聞こえぬように返答する。

「もう、帰っていいか。イルド」

『いいはずないだろ。いいかい。誘う順番を間違えないようにな』

令嬢の誰かを優先すれば、周囲があの方がお気に入りかと画策をし出す。だから、重要度に則（のっと）って、順番に相手をする。ルドヴィクスへの耳打ちは続く。

『次の女性、アマーリア嬢はランバルド使節お気に入りの高級娼婦だそうだ。手練（てだ）れらしいぞ。言質（げんち）を取られないよう、気をつけろ。隙を見せたら、ぐいぐい来る』

「うんざりだな」

アマーリア嬢に近づくと、手袋をした手を差し出し、ダンスに誘う。アマーリアは蕩（とろ）けるような笑みを浮かべて、応じた。彼女は手をルドヴィクスのそれに重ねる。ダンスが始まった。

ルドヴィクスの耳にはイルドの助言が聞こえ続ける。

『ちなみにダリア嬢は、カッサーラ公国の第一王女だ。こちらの公国に嫁いでのっとる気まんまんだ。それから、次に踊るシルビア伯爵（はくしゃく）令嬢は、おまえを誘い出し、毒殺したい。ミランダ嬢は、狩りを口実に誤射と偽り、射貫（いぬ）くつもりだ』

「私には女性がすべて、虎挟み(とらばさみ)の罠(わな)に見えるよ」

誰にも聞こえないよう、そう、つぶやきながらも、ルドヴィクスは微笑みを絶やさない。

「それに化粧が濃い。脂粉の匂いで窒息しそうだ。香水もきつい」

『他国は、ローザ公国と違って、魔力も水も豊富ではないからな。風呂に入る習慣がないんだ。体臭は香水でごまかすしかない』

「そんな女性相手に、あと何曲踊らないといけないんだ?」

『順番待ちは三十四人。だが、二十一人と踊れば、公王としての責任は果たしたと言えるだろう。言わずもがなだが、どんな約束もするんじゃないぞ。冗談であってもだ』

「わかっているさ、イルド。『蒙昧王』は、自分では決められないからと、いつもの言い訳を使う」

『その調子だ』

「ある意味、その通りだからな。今の俺にできることは、あっちとこっちの言い分を聞いて、問題を先送りにするだけだ」

ルドヴィクスはまだ続くダンスと、隙あらばこちらを籠絡(ろうらく)しようとする女性たちの、化粧下の野望と、使節の鋭い視線にさらされて、ため息をつきそうになる。

『ルディ!』

声に叱咤されて、ルドヴィクスは笑顔を貼りつかせる。こうなったときに、何度考えたことだろう。

――女神の加護さえあれば。そのための「盟約」が私にあり、伴侶となる者に「証」があれば。

初代公王には、その二つが揃っていた。自分もまた、それらを望んでいる。

それらがあれば、そうしたら、自分の野望はかなうのに。

こんな馬鹿げた茶番は終わりにできるのに。

一方、娼婦アマーリアは使節の元に戻りつつ、手を見つめていた。

肌から相手の本質を見抜くのが自分の仕事だ。あの公王の手。手袋ごしであっても、わかる。あれは王宮で怠惰を決め込んでいる男の手ではない。アマーリアの顔は愉悦に歪む。

狩りの獲物は、強いほうがいい。そのほうが、燃えるから。

■02　現代、地方都市

現代の日本。そこには重い感情を持て余す、コンビニ店員がいた。

とある地方都市の一角に、コンビニエンスストアがあった。そのコンビニエンスストアは表には広い駐車場を持ち、裏には田んぼが広がっている。

蒸し暑い夏の夜。軽い電子音とともに、コンビニの中に熱い風が入ってきた。同時に、店内の湿度がねっとりと上がった。

「いらっしゃいませ」

コンビニスタッフであるナナキは品出しをしていた。深夜シフトは自分と店長だけであり、その店長はバックヤードで発注をかけている。なので、急いでレジに入った。

客は若い男女だった。男のほうがレジに来てぞんざいに言う。

「タバコ。いつもの」

そう言われて、面食らう。この客は何度か来店しているのだが、こんな横柄な態度は取られたことがない。

「すみません。番号か銘柄で言っていただけると助かるのですが」

男は舌打ちした。ナナキは、タバコを吸ったことがない。なので、この男が吸うタバコの銘柄を覚えていない。それが、舌打ちされるほど、悪いことなんだろうか。面食らって固まっていると、女性のほうがしきりと男に目配せしている。そして、こちらに無言で頭を何度も下げた。

奥のモニターから様子を見ていたのだろう、店長が出てきて、「こちらですね。お間違いないですか」とにこやかにタバコの箱を出してカウンターに置いた。男はご満悦だった。

「おう。わかればいいんだわ」

「この子も、そのうち覚えると思いますので」

「ああ。頼むわ」

客が出て行ったあと、店長は間延びしたような声で言った。

「あのお客さんも、ふだんはあんなこと言わないんだけどねえ。女連れだと、いいところを見せたくなるんだろうねえ」

「いい、ところ……？」

ナナキは復唱してしまった。

コンビニバイトにあのような態度をとるのが、果たして「いいところを見せる」ってことなんだろうか。さきほどの女性を見る限り、逆効果に思えるんだが。店長は苦笑した。

「若さゆえの勘違いってやつだよ。恋は人を愚かにするのさ。澤田(さわだ)くんも、彼女ができたらわかるよ」

　店長は四十くらいで妻帯者。自分は二十三歳で独身である。いつかわかる。そういうものなのか。あんな愚か者にはなりたくないものだ。

「ところでさ、澤田くんって、もしかして昔、隣の県に住んでたりした？」

　店長に言われて、どきりとする。

「偶然なのかもだけど、ネットでさ……」

「店長、お客様です」

　ナナキは店長の言葉を遮った。幽霊なのかと思うほどに静かな客がレジに向かってきた。痩せた男だった。熱帯夜だというのに、薄手のパーカーを羽織っている。ふらふらとした足取りのその客は、なにも言わずにカップ酒をカウンターに置いた。

「袋はおつけしますか？」

　ナナキの問いに、わずかにフードが横に揺れる。

　カップ酒を渡す。

「ありがとうございました」

　男はカップ酒を片手に店を出て行く。しばらく店の前で立ち止まる気配があった。もう飲んでいるのだろう。

「あのさ、さっきの話なんだけど」

店長が蒸し返そうとしたので、ナナキは「外、掃除してきます」と言って、場を離れた。

店の前は汚れている。それらは饐えて腐敗して、ナナキの知っている夏の匂いを醸し出している。夏と言えば、花火やスイカ割り、家の前庭でのビニールプールだったのは、はるか昔の話のようだ。

――楽しかったなあ。

あれは、最高の日々だった。二度と来ない、キラキラ輝く至福の日々だ。

――このバイトも、そろそろ潮時だな。

掃除道具を出してきながら、そんなことを考えていた。

――わりといい職場だったんだけどな。

店長は働き者で、よく気がついて、バイトたちにも慕われていて。同僚も、この仕事が初めての自分によくしてくれた。ようやく、仕事が一通りできるようになったところで辞めるのは、本当に申し訳ないのだが、これは、いつものルーチンだ。

店長がなにを言いたいのか、ナナキにはわかっている。もし、ナナキが真実を話したら、ぎこちなく「ごめんね」と謝ってくるに違いない。

「そっか、そうだったんだ。それは、悪いことを聞いちゃったね」

そして、情報がバイト全員に共有される。それはもう、見事な報・連・相で。「澤田くん、たいへんだったんだね」なんて言われるんだ。

逆に「それは昔のことでしょ。前向きに行こう」などと言われたら、ことさらに腹立たしい。おまえに俺のなにがわかる。

――わかってんだよ。自分が激重（げきおも）な人間だってくらいは。

ナナキの心には、隠された川――暗渠（あんきょ）――のように、わからぬほど深くに、澱（よど）む水がある。その水はナナキに苦しみを与え続けているのに、どうしても捨て去ることができない。友人にも親戚にも、両親にさえ「忘れてしまえ」と言われ続けているが、ナナキには手放せない。なによりだいじなものだ。

店の前のゴミ箱のふたをあけると、夏の湿気が、臭気を押し上げてくる。箱の中には、この店で購入されたものではないゴミもあった。店長が見たら、「まったく、家庭ゴミを持ち込むなって言ってんのに」とプリプリ怒ったことだろう。一番上に近所のスーパーの袋があった。中にあったのは出刃包丁の空き箱だ。

――あの男だ。

違う可能性もある。だが、ナナキには、さきほどカップ酒を買った男が捨てたものに思えてしかたなかった。あの男は出刃包丁を、フードつきパーカーの下に隠し持っているわけだ。じっとりとした空気が、さらにまとわりついてくる気がした。

店内に声をかける。

「店長、俺、ちょっと外、見てきます。すぐ戻ります」

「え、あ。あ、ハイ?」

店長はなにを言われたのか、わからなかったのだろう。いい加減な返事をした。

男が向かったのは、どちらだろう。左は住宅街。右に行けば駅だ。まだ数本、列車はある。

ナナキは左、住宅街側に曲がった。

少し行って、行き当たらなかったら、引き返そう。そう思ったのに、ほどなくナナキは、自分が予想していた光景に巡(めぐ)り会ってしまった。男は速い足取りで歩いている。彼の前には、タンクトップの女性がいる。彼女はのんびり、携帯電話を操作しながら歩いている。男には気がつきもしない。

ナナキは走った。ポケットの中に手を入れると、昼に自分が買った飲みもののレシートがあった。それをつかんで、ナナキはできるだけ大声で彼に向かって叫んだ。

「お客さま。レシートをお忘れです」

男は振り返った。女性もまた、ナナキの声に振り返る。彼女はフードの男の近さに驚いたようだった。

男は動きを止められ、こちらを見た。男は明らかに戸惑っていた。誤動作を起こしたように、出刃包丁をひらめかせ、こちらに向かってくる。女性の悲鳴が響く。彼女は走り出した。

やばい。足が動かない。

男はためらいなく、出刃包丁を突き出す。それは、コンビニの制服を貫通して、ナナキの肋骨（ろっこつ）の隙間に突き立てられた。

痛いと感じる前に、意識がたちまち濁っていくのが感じられた。

口から血があふれ出て、ああ、死ぬんだな、薄ぼんやりとそう思った。

――やっと、死ねるんだ。

この、重い荷物を抱えて、俺は走りきったんだ。ナナキにあったのは、安堵（あんど）だった。

■03　女神の召喚

どこかを自分は漂っている。なにもないところだ。闇も光もなく、あたたかくも寒くもない。ああ、死ぬってこういうことなんだな。

――よかった。

もう、悲しむことはない。後悔することもない。だから、いいんだ。

声が聞こえる。女性の声だ。

――つらい目に遭ったのですね。

――誰？

――私は、大地の女神デア。そなたの嘆き、しかと受けとめました。では、そなたに今一度、機会を与えよう。新たな人生へと赴くがよい。

それはもしや、転生ってことか？　おい、ちょっと待て。

姿は見えないが、声だけはする相手に向かってナナキは文句を言った。

「冗談じゃない。ようやく終わったと思ってほっとしたところなんだよ。いわば、フルマラソンを、歯を食いしばってゴールしたんだ。それなのに、なんなんだ。その仕打ち。ゴールのテープがどんどん、どんどん、遠ざかるってありえないだろ。人が誰でも転生チャンスをもらえたら嬉しがると思ったら、大きな間違いなんだよ」

「ふ、ふえええ？」

思いがけなく動揺した声がする。

「だいたい、顔も見せない相手を、どう信用したらいいんだよ？」

「うううう。それもそうですね……。じゃあ」

なにもなかった空間に、女の人が現れた。ほっそりした女性だった。ギリシャ神話の絵で見るような、ゆるやかな白い衣を身につけて、手に不似合いなくらいに大きな杖を持っている。その杖は、しなる木の枝を編んで作ったような素朴な杖だったが、上部は「？」マークのようにくるりと丸くなっており、そこに手のひらほどの大きさをした、茶色のような緑のような色をした宝石が嵌められていた。こういう色をヘーゼルというのかもしれない。

女神はくりっとした茶色の目に長い赤い髪をしていた。そして、その杖こそが自分を守ってくれるというように、へっぴり腰で強く抱きしめている。彼女は、おろおろしながら、ナナキに向かって言い訳した。

「で、でも、あの……私、女神だし……ちょうどよかったし……」

「女神？　本物の女神？」

ナナキの質問に、女神はほっとしたようにうなずいた。

「そうである。我は、女神デア。大地に加護を与える者なり」

まるで、そこだけは何度も練習したというような堂々とした名乗りだった。そうか。女神か。神様か。だったら、言いたいことが山ほどある。

「まずは、ちょうどよかったってなんなんだよ。こっちの都合はお構いなしかよ。そうだよな。あんたたちはいつもそうだ。自分にいいように人間を扱って平気なんだ。悪人が罪をかぶることなく笑ってるし、善人が泣いてもおかまいなしだ」

自分でも驚くほどに、ナナキは饒舌だった。今まで抱いていた、神様への恨み辛みが、一気に噴き出てくる。女神は杖を前に抱いて、身体を縮こませていた。

「でも、でも、それは、そちらの世界の神の領分で……——私は、こっちの世界の女神だし……——」

「領分ってなんだよ。お役所か？　たらい回しか？　いいよ。神様とやらには期待してないから」

そう言うと、自称女神は口をぶーと尖らせた。

「期待してないとか。傷つくんですけど」

「じゃ、せめて、こちらの神様のしたことに口出しするのは、やめてもらおうか。もう、このまま、俺を無くしてくれ。やっと、終わるんだから」

「そんなことを、言われましてもですね。こちらの世界では、あなたが必要なんですよ」

「俺には関係ないだろ」

彼女は「ううっ」とひとこと言うと、目に涙を溜め始めた。

「え、女神だろ。泣くなよ」

「泣いてないもん」

「言い方がきつくて……悪かったよ……」

自分だってわかっている。このもやもやした気持ちが、八つ当たりだってことくらい。

「じゃ、転生、する？」

「それとこれとは、別問題だ。もうおしまいにしたいんだよ。あ、泣くな。泣くなよ」

女の涙には弱い。心臓のあたりがチクチクとなんともいえない痛みに襲われる。これが罪悪感ってやつなんだろう。

「一個」

彼女はそう言いながら、指を出した。ぴんと一本、立てている。

「大負けに負けて、一個だけなら、お願いを聞いてあげます」

だから、神様なんて嫌いなんだ。

「いらねえから、もう俺にかまうな」

「そこをなんとか。あなたほどの逸材、もう二度とお目にかかれないんですよ。あなたにもいい話だから。いい感じの国だし、いいお相手なんですよ。ちょっとほら、さらっと転生するだけだから」

見合いを勧めてくる親戚のおばちゃんか。もし、かなうことならば。願いなんて一つだ。

「あのとき、俺があの子を、ふたばを、治せたなら。そうしたら」

「治癒、ですね。管轄外の事象はどうにもできないけれど、転生先は善処します。そなたに薬草による治癒のギフトを授けます！　ヒーリングアップ！」

杖を振ると、しゃらんらーと音がした。

「じゃ、転生するんでいいですね？」

「え、あ……うん……？」

彼女はすっと背筋を伸ばした。そうすると、なるほど、女神の威厳に満ちていないこともない。

彼女は言った。

「そなたに今一度、機会を与えよう。新たな人生へと赴くがよい」

それが言いたかっただけだろう。さらに、彼女はとんでもないことを言った。

「最初に出会うのは、おまえの運命のつがい」

「なんだ、そりゃ！」

「そなたたちは、互いに一目見て愛し合うであろう。アルファとオメガとして加護を復活させるのです」

「運命とか、愛し合うとか聞いてねえ！　それは、いらない！」

ナナキの叫びは、虚しく響いた。

「いらないからあー！」

■04　ルドヴィクスの驚嘆

ローザ公国。王都ローゼリム。小高い丘の上。王宮の一角に、女神デアの神殿はある。そこに赴く人影があった。ルドヴィクスとおつきの騎士である。

ようやく舞踏会から抜け出せたルドヴィクスは、自分の部屋に帰る前に、女神の神殿に寄ろうとしていた。

「はー、もう、さんざんだよ」

ルドヴィクスは独り言が止まらない。

「なんか、さっき、服にべっとりしたものがついたんだけど。気持ち悪いな」

『口紅かおしろいだろう。……――私は、もう寝る』

「ああ。疲れさせてしまったな。すまない、イルド」

もう、返答はなかった。ルドヴィクスはぶつくさと文句を言った。

「まったく。愚劣王のせいだ。五代前に行って、止められればいいのに」

ローザ公国は三方が崖であり、その下は深い海となっており、海岸に港を作ることができない特殊な地形である。

辺境と呼ばれ、さげすまれていた時代もあった。しかし、「民と土地こそ国の宝」という方針を貫き、教育に力を入れ、土地を開墾（かいこん）し、独自の文化を築いてきた。

まず第一に、かつてのローザ公国は女神に愛されし地であった。神殿での祈りはよく女神デアに聞き届けられ、天候すら自在であった。そのため、毎年、豊作が続いた。また、政事（まつりごと）においても才能ある者は身分を問わず、引き上げられた。いくつか世襲の貴族領はあったが、住民の移動は自由である。人気（にんき）のない貴族領は廃されることもあった。

外からこの国の民になる者も多くいた。それには、女神デアに誓いを立てねばならない。盗まず、殺さず、この地のために尽くすという誓いを立て、それに従わねば国を追われることになる。

そのようにして、女神デアの加護のもと、ローザ公国は発展してきたのだが、五代前の「愚劣王」のときに、大変なことが起こった。愚劣王は狩りが趣味だったのだが、あろうことか狼の子を追い回し、弓をもって射て、殺してしまったのだ。狼は、女神デアがもっとも愛する獣である。

母狼の嘆きは女神に届くほど深かった。女神は怒り、それきりローザ公国に加護を与えることはなかった。これがいわゆる、「愚劣王の大過」の顛末（てんまつ）である。

愚劣王は東の崖より落とされ、妻と幼い息子によって政事はなされた。

だが、かつてのローザ公国の素晴らしい日々は終わってしまった。国境の守りは弱くなり、神殿で祈っても天候は必ずしも思うとおりにはならない。代を経るごとに女神の加護はなくなっていく。

加護の残り香によってのみ、ローザ公国は続いてきた。亡国の危機に陥っていたのである。

「祈っても、無駄なのかもしれないけど」

ルドヴィクスは一度として女神の声を聞いたことはない。もし女神がいたとしても、とっくに見捨てられているのかもしれないと思ったりする。

「でも、祈らずにはいられない」

神殿の正面には麗しい女神デアの像がある。

実りの豊かさを思わせる、肉づきのよい身体、豊かな髪の整った顔立ちには微笑が浮かんでいた。女神は加護の杖を胸に抱いている。

頭上には丸い薔薇窓があった。

護衛を神殿の外に待たせ、ルドヴィクスは一人、ひざまずいた。

「我らの罪をお許しください。今一度、私どもに女神の加護をお与えください。アルファの盟約とオメガの証をお授けください」

何度こうして、祈っただろう。だが、女神の声を聞くことはかなわなかった。「愚劣王の大過」は今もなお、女神の怒りにふれているのだ。

「まったく、とんだことをしでかしてくれたものだ」

どれだけ祈れば、女神の許しは得られるのだろう。そう思ったときだった。女神像が輝いた。

目の迷いか。灯火の揺らぎか？

違う。それは、確かに慈愛の光で神殿内を照らし出した。

——その願い、聞き届けましょう。

声が聞こえたと同時に、ふわふわと輝く球が空中に現れた。

——その者は、異世界よりの客。そなたのつがいとなる者。そなたたちは愛し合う運命。

そなたが狼たちより信頼を取り戻せば「アルファの盟約」を、つがいの愛を得たならばその者に「オメガの証」を授けましょう。そのときこそ、二人して、加護を取り戻すがよい。

ほんとうに？　ついに？

あまりに突然に、望んでいたものが目の前に現れたので、気持ちがついていかない。その光は、人の形を取ろうとしていた。

つがい。狼たちがそうであるように、生涯の絆を結ぶ自分の相手。加護を取り戻すためのかたわれ。ついに、その人がやってきた。

光は、ルドヴィクスの近くまで下りてくる。膝を突いたまま、手をさしだし、いつでも抱きとめられるようにした。

光量が夜明けの月のように光度を下げ、人が重みを伴って、腕の中に落ちてきた。

見たこともない服装。切り裂かれた衣服には血液がついていた。そして、それはどう考え

ても、若い男なのであった。

「男……?」

驚きを禁じ得ない。

男だ。

どう見ても、何度見ても男だ。これは、想定外だった。

黒い髪、黒い目で異国の趣(おもむき)がある。頬は鋭い線を描き、目は野性味を帯びている。彼は、容易にはこちらに懐かない凄(すご)みを宿していた。なるほど、女神がこの男を選んだ理由が、わかる気がした。

彼は、女神がもっとも愛する獣、狼に似ていた。

「あ……?」

男は怪訝(けげん)な顔をしてこちらを見ている。笑顔、笑顔だ。ずっとそうしてきたではないか。女性たちをうっとりさせる、最高の笑顔を見せる。いけるはずだ。女神が愛し合う運命と保証してくれたんだから。

「ようこそ、私のつがいよ。女神デアの導きに感謝します。私は公王ルドヴィクスと申します」

創世の乙女と若者は一目で恋に落ちたという。それなのに彼は、顔をしかめる。むしろ、睨(にら)みつけている。というか、憎まれているのかと勘ぐってしまう。甘さのかけらもない。その昔、暗殺されかけたとき、相手がこんな目をしていたよね。

彼からルドヴィクスへの、第一声はこれだった。

「……つがいとか。ありえねえんだけど」

「は？」

ぴしゃーんと雷に打たれたようだった。なんだって？　今、この男はなんと言った？　二人きりの神殿に、気まずい沈黙が流れた。

「放せよ」

彼が身を起こし、立とうとした。ぐらついている。手を貸そうかと思ったのだが、これ以上の拒絶がおそろしくそのまま固まる。

「いってえな。あの女神め」

言いながら、彼は自分の脇腹をしきりとさすっている。こちらの世界にはない、簡易な服。脇腹には、抉られたような痕があった。戦場に出たことがあるから、知っている。この傷があったら、肋骨の奥で内臓に達しているはずだ。回復術師が全力を出しても、助からない。

「失礼」

ルドヴィクスは、彼の服をめくり上げる。

「なにしやがる！」

男はルドヴィクスを平手打ちしてきた。衝撃に手を離す前に、男の腹部になんの傷もないのを確認する。ということは、前の世界でいったん生を終え、こちらの世界に、女神デアのご意向のもとに運ばれてきたというわけか。

　とりあえず、彼の顔がみなにばれてはまずい。ルドヴィクスは急いで彼を隠すことにした。肩にかけていた飾り布を彼にかける。そうされた男は、罠にかかった動物のように暴れ出した。

「いやだ！　これを外せ！」

「おとなしくしてくれ。誰か！」

　騎士を呼ぶと、神殿に入ってきた。ルドヴィクスの頬にある打たれた痕と、布を頭から被せられ暴れている男を見て、騎士たちは剣の柄に手をかける。

「だいじない。彼を王妃の離宮に連れて行ってくれ。だれにも見られないように」

「はっ」

　男が騎士たちに連れ出され、ルドヴィクスは、ほっと息を吐く。かたわらの女神像を見上げる。

　愛し合う運命……？　彼が、自分を好きになる？　その運命が見えないのは、自分だけなんだろうか。

　ナナキは腹を立てていた。

「取れ。この布を取ってくれ！」

　そう何度も言っているのに、騎士たちは「お静かに」「叫ばれますと、口にくつわを嚙ませるしかなくなります」などと言うのだ。

ナナキは、黙り込む。

――くさい……。

この、布の匂いが不愉快でしかたない。

じつは。

この世界に転生し、落ち、公王ルドヴィクスの腕に抱きかかえられたとき、ナナキには確実に女神の刻んだ運命が作用していた。すなわち、ルドヴィクスに恋をしかけたのである。だからこそ、「男……?」という、ルドヴィクスの失望に満ちた声に悲しくなった。さらに、ナナキの気持ちを決定づけたのは、ルドヴィクスの衣服である。もっと言えば、そこから漂ってきた匂いである。ルドヴィクスは舞踏会帰りだった。ゆえに、彼の服には、おしろいや口紅、頬紅、香水の匂いが付着していたのだ。しかも、複数。

――こいつ、女遊びをしていたのか?

ナナキは、自他共に認める重い男である。愛する相手が、ほかの誰かとどうこうなんて、死んでも許すことができない。

ルドヴィクスへの恋心は、恐ろしい勢いで逆に作用した。つまりは、好意から嫌悪に針がふれたのだ。これは、焼きもちである。だが、恋愛したことがないナナキにはそれがわからない。ナナキの表層に現れた気持ちはこうだった。

――俺は、こいつのことが気に食わない。運命の相手とか、冗談じゃない。嫌いだ。大嫌いだ。

そんなナナキに、ルドヴィクスがやったことは、最悪だった。複数の女性の汗と香水と化粧、さらにルドヴィクスの香りがついた布でナナキを頭からくるんだのだ。ルドヴィクスへの強制的な思慕と、それに混じったほかの女性の濃い匂い。それをたっぷり吸い込んでしまったナナキは、自分でもどうしようもない腹立ちと苛立ちにくらくらしながら、混乱のままに廊下を歩き、階段を上り、また歩くことになった。

――公王とやらは、「あの医者」に似てた。

坊主憎けれぱ、なんとやら。ナナキは、自分がルドヴィクスが嫌いな理由を後づけし始めた。

――まさしく、あんな笑顔を貼りつかせていた。公王とやらも、とんでもない嘘つきに違いない。そうに決まった。

「こちらでございます」

背後で扉が閉まる。ようやく布をはずされた。呼吸ができる。いい香りがしている。薔薇の香りだ。

案内された部屋は、豪華だった。欧州中世の王族の部屋のようだった。床には絨毯が敷き詰められており、足を浮かさないとうまく歩けなさそうだ。部屋の真ん中にはテーブルと椅子がある。

お仕着せの前掛け姿の、侍女らしき女性が膝を突いて言った。

「ようこそ、ローザ公国へ。女神よりつかわされし、つがい殿。私は侍女のリリサと申します。名前をお教えくださいますか」

「ナナキ……」

侍女は立ち上がると、スカートの端をつまんでお辞儀をした。黒みがかった緑の髪を、頭上でまとめている。目の色は赤に近い茶色だった。

「ナナキ様。ご用がございましたら、なんなりとお申しつけくださいませ。室内にあります呼び鈴を振ってください。離宮づきの者が参ります」

彼女は、続き部屋の扉を開いて見せた。

「部屋はここだけではございません。こちらには寝室と着替えの間とバスルーム、さらには小食堂もございます」

「ローザ公国、っていったか？」

そういえば、さっき、薔薇の香りがしていた。薔薇の公国か。

「はい。こちらにいらした直後でお疲れでございましょう。今夜はこのまま、お休みくださいませ。その前に、お召し替えくださいさい」

「俺は、あいつのつがいになんて、なりたくないんだが」

「ほえ？」

リリサは素っ頓狂な声をあげた。それから、物凄い力でナナキを叩いた。あとになってわかるのだが、リリサは、なにか処理できない感情があると、暴力に訴えるという性癖があるのだった。

「ななな、なにをおっしゃっておられるのですか。ナナキ様。ルドヴィクス公王陛下と、この国の民が、どれだけ、つがいたるナナキ様のことを待ち望んでいたことか」

そんなわけ、あるか。あいつ、「男?」って言ってたぞ。がっかりしてたぞ。女が好きなんだもんな。悪かったな、男で。ナナキは自分がすねていることに気がついていない。ただひたすら、自分はルドヴィクスのことを嫌っていると思い込んでいる。

「俺は、男なんだぞ」

「だいじょーぶ!」

リリサは力強くそう言うと、ナナキの肩をがっしりとつかんだ。

「気にしませんから。そんなの、小さいことです。だいじょーぶ!」

「俺が大丈夫じゃねえよ。俺はここから出る!」

「お願いです。やめてください!」

リリサは必死に止めてくる。

「ほんとうに、私たち、どれだけ、切望していたことか。あなたが、私たちの希望なんです。お願いです。あなたに逃げられたら、私が叱られてしまいます」

――そんなの、俺の知ったことじゃねえ。

そう言えたらよかったのだが。

リリサの目に涙がにじんでいるのを見て、ナナキはうろたえる。やめてくれ。俺は、女の涙に弱いんだよ。

「わかった。わかったから」

ナナキがしかたなくそう言うと、リリサはにっこり笑った。今までの涙はなんだったんだと、言いたくなる。

「よかった。じゃあ、お召し替えしましょうか」


ナナキは悲鳴を上げた。

「やーめーてー！」

リリサは手慣れた様子で、ナナキを裸にひんむこうとしてくる。

「あ、なんですか、これ。異世界の服ですか。どうしたら脱げるんです」

「自分で脱ぐから」

よかった。ナナキの貞操は、ファスナーによって守られた。

「それでは、こちらがバスルームになります」

「なんだ、これ」

かつて自分が住んでいたワンルームが丸々入ってしまう。なんなら二つくらいは軽くいけそうだ。どんな灯りなのだろう。夜だというのに、自然な淡い光が、バスルーム全体に漂っていた。小さめのプールともいえる大きさがある浴槽に、なみなみと湯がたたえられている。ナナキはそこに浸かった。

「まあ、明日になったら、もっといい考えがわくだろう」

湯を浴びて、しゃっきりしたところで、浴槽から出る。人の気配に驚いて顔を上げた。

「誰だ？」

そこにあったのは、鏡だった。

「はは、自分に驚いてちゃ、世話ねえよな」

ほぼ全裸。血色が悪く陰気そのものの、辛気くさくて、頬のそげた若い男。髪はばさついていて、唇の色も悪い。それが自分だ。

――公王様ががっかりするのも、道理だよな。

せめて、世紀の美青年だったらとにかく、こんな陰鬱な男なんだ。失望するのも当然だ。

そう思って落ち込んだが、「まあ、俺だってあいつのこと、嫌いだし」と気を取り直して腰に布を巻いたまま、広い衣装部屋に入っていった。

「はあ？」

こちらの服装には詳しくないが、どう考えても、女性もののスカートがあった。ふくらませるための下穿き（したばき）まである。下着もまた、フリフリの女性ものばかりだ。

――やがて来るかもしれないつがい、つまり、女性のための部屋なわけか。

そんなに女が好きか。

そうか。

知らぬうちに、またもやナナキはおのれの、ルドヴィクスへの負のレベルを上げていった。

結局、女物の服に囲まれているうちに、リリサに踏み込まれ、男性用の下着と浴衣（ゆかた）に似た夜着を着せられた。

「それでは、おやすみなさいませ。また、朝に」

リリサは寝室を出て行く。ふかふかのベッドに横たわったナナキは、めまいに似た疲れを感じた。

一難去ってまた一難だよ。ようやく終わったと思ったら、新しい場所で、しかも、あんなやつのつがいとかって。

ここは、なんてところなんだ。なあ、おまえもそう思うだろう。ふたば。

俺は、公王なんて、好きじゃないのに。

運命の相手だからって、恋になんて落ちないのに。

だから、失望されたのも、気にしてないのに。

女の匂いをさせていたのも、どうでもいいことなのに。

だのに、なんで、こんなにあいつのことばかり、思い出すんだろう。

気持ちの奥の奥では、嘆き、悲しみ、悔しさにくれているのに、ナナキはそう自分に言い聞かせることによって、バランスを取っていたのだった。

■05　初めての朝食

気がつけば、朝だった。

小鳥の高いさえずりがする。

風が薔薇の匂いを含んでいる。

広すぎるベッドに、自分の身体が埋まりきっていた。

他には誰一人いない部屋。その中で、ぽっかりと目を開いて、ここに来てからのことを順番に思い出す。不愉快極まる記憶だ。

――ああ、なんだかわけのわからん状況になってるんだった。

死んで、転生して。好きでもない相手に、つがいになれと迫られている。

げんなりしつつ、必死にもがいて、ベッドから身体を出した。侍女がすぐに部屋に入ってきて、ナナキは着替えさせられる。

襟の詰まったシャツ、さらに前ボタンつきの長めの上着。上着にはやたら刺繍(ししゅう)がしてあるので、重い。その上から帯を巻く。

「ルドヴィクス公王陛下が、ともに朝食をとりたいとお待ちです」

ナナキは顔をしかめる。その名前を聞いただけで、ナナキは混乱し始める。行きたくないと告げようとしたのだが、リリサが真剣な顔で言ってきた。

「いらしてくださらないと、私は泣きます。ええ、泣いてやります」

リリサに泣かれるのはごめんこうむる。それがたとえ、嘘泣きでもだ。

なのでナナキは、重い足取りでリリサのあとについていった。


「こちらでございます」

小食堂の扉が開かれると、大会議室とも思える大きさの部屋があった。

窓の向こうには景色がよく見え、この王宮はなだらかな丘の上にあるらしいことが窺い知れる。オリーブの樹が茂る丘の下、町並みが見えた。その向こうに平野が広がり、低い山や森が見える。

美しい世界のようだが、興味はなかった。どうしてあのとき、転生を承知してしまったのか。この世の中から、いなくなってしまえるチャンスだったのに。その機会を、どうして逃してしまったのか。

いい匂いがしている。食べ物の匂いだ。

テーブルの上には、ところ狭しと料理が並べられている。鶏の丸焼きに豚のあぶり肉、パテに腸詰め、川魚のフリッターに、蒸し魚のソース掛け、花野菜のゼリー寄せに、ジャガイモのマッシュ、カボチャの肉詰め、冷たい青豆のスープにあたたかい白いシチュウ、パンは白いものとフルーツを混ぜた菓子のようなデニッシュ、さらにケーキとクッキーが数種類。

リリサが引いてくれた椅子に、ナナキは腰掛けた。

テーブルの一番遠い端には、ルドヴィクスがいた。ナナキの中で、無意識のうちに思慕と嫌悪がダンスを始めてしまう。気分が悪くなってくる。

この食事を完食するには、食べ盛りの男子高校生ひとクラスが必要だろうと思ったのに、テーブルについているのは、自分とルドヴィクスだけなようだ。

声が聞こえづらいからだろう。彼は立ち上がると、近くまで来た。ナナキは椅子の上であとじさる。今日は女の化粧の匂いはしていない。

だが、ナナキの深層は、ゆうべの彼からしていたあの、むせかえるほどの匂いを、記憶していた。そして、彼が運命の相手であり、惹かれれば惹かれるほど、腹の底が煮えくりかえってきてしまっていた。それは、止めようがないものであった。

胃がきりきりと痛む。己でもどうにもならない。

「おはようございます。どうされましたか、ナナキ殿。ご気分でも?」

この男に名前を呼ばれて、ぞわっとした。それが悦びを含んでいるからこそ、無性に腹立たしさを感じる。

「頼みがあるんですが」

「はい。なんでも、おっしゃってください」

「俺の名前を呼ばないでほしいんです」

二人の間に沈黙が落ちる。なんとも、気まずい雰囲気だ。

ルドヴィクスが真顔になった。気落ちしているようだった。だが、それは一瞬で、次には
また笑顔になる。あの、虚飾に満ちた顔に。

ルドヴィクスは、ナナキの前にひざまずいた。手を取ろうとしたので、急いで後ろにやる。

この男にふれるのは、どうしてもいやだった。彼は傷ついた顔をしたが取り繕った。

「申し訳ありません。気をつけます。私のことはお好きにお呼びください。ご入り用のもの
があれば、このルドヴィクスになんでも申しつけてください。できるかぎりのことはいたし
ましょう」

「じゃあ、これから一生、会わずにいたいです。離れて暮らしたい。あなたの顔を見なくて
もいいところに行きたい」

この男から離れれば、千々に乱れるこの気持ちもおさまるだろう。

ルドヴィクスは立ち上がると、こちらに向かって微笑んだ。

「それだけは、承服しかねます」

——それにしても、こいつは、物凄いイケメンだな。

整った顔立ちで、金色の髪がハチミツみたいにつやつやで、肌も白く、鼻筋は高い。瞳は

へーゼルと言われる、中心が茶色で外に行くほど緑になっている色だ。肩幅があって、足が長い。年齢は三十前後ってとこだろう。バイト先のコンビニの女性スタッフだったら、きゃあきゃあ言っただろう。今までだって、さぞかし華やかな女性関係があっただろう。

　そう思ったところで、ナナキは勝手に嫉妬心に苛まれ、向かっ腹を立てる。ナナキはそれに戸惑い、これはきっと、こいつが気に食わないからだと結論づけてしまう。ルドヴィクスは、困ったように離れた席に帰っていった。寂しさがナナキを満たすが、それを認めるわけにはいかなかった。

「とりあえず、食事にしませんか。あなたがどのような料理を好まれるのかわからなかったので、並べてみました。お好きなだけ、おとりください」

　そう言われて、ナナキはくらくらした。これが、自分一人のためだったとは。

「食事をしながら、この国のことを説明しますね」

　食欲はわかなかったが、スープとパンをとって食べ始めた。スープは素材はいいのだが、やや単純な味つけだ。パンは柔らかくておいしい。こんなときでもおいしいって思うもんなんだと自分に感心しながら、口を動かす。

「ローザ公国は夏が終わったところです」

　この国は人口は百万人くらい。広さを言われて思い浮かんだのは、広島県だった。自分たちの世界と違うのは、女神デアの加護のもと、大地の恵み豊かで建国以来、外敵を退けてきたことだ。

「女神像があったでしょう?」

そう言われて、もうちょっとで口の中に入っていたパンを噴き出しそうになった。

「あれが?」

「はい」

ナナキはあきれる。あれは、いくらなんでも、盛り過ぎだろう。まあ、どことは言わないが。

「けれど、『愚劣王の大過』により、今は女神の加護を失っている状態なのです。この国を元に戻すためには、二つが必要です。『アルファの盟約』と、『オメガの証』です」

「なんだ、そりゃ」

「私たちがアルファとオメガという盤石のつがいであることを、女神に認めてもらわねばならないのです。アルファの盟約は、狼たちの信頼を得たとき、公王である私の手の甲に表れるはずです。オメガの証は私と愛し合ったあなたのうなじに現れます」

「ああ?」

ナナキはパンを置いた。

「今、なんつった? 愛し合う?」

ぞくぞくと寒気がしてきた。こいつと? このイケメンと?

自分以外の女とよろしくやっているこの男と？

「いきなり、なに言い出すんだ。気は確かか」

ルドヴィクスは平然と返してくる。

「贅沢品も望みのままですし、王配の地位もさしあげます」

ルドヴィクスの薄笑いは胡散臭いを通り越して、もはや不気味の領域に入っていた。

ナナキはルドヴィクスを見た。ルドヴィクスがたじろいで、視線を外すまで見てしまった。

——こいつは、俺が断るなんて、考えてもいないんだろうな。今まで、口説いた相手につっぱねられたことなんて、ないんだろう。だから、こんなに自信たっぷりで傲慢なんだ。

まあ、それもむりないのかもしれない。

こいつときたら、きらきらのイケメンで、しかもこの国の公王様。そのつがいとやらになれば、金も地位も思いのまま。あれだ。おとぎ話の王子様だ。

そういうものに目がくらむ相手なら、一も二もなくOKするだろう。そして、ハッピーエンドだ。めでたし、めでたし。

けど、自分は違う。そんなもので釣ろうとしても、むだなのだ。

「あんたは、俺がどんな人間かなんて、まったく興味がないんだな。だから、金や地位をちらつかせれば、言うことを聞くと思っているんだろ」

ルドヴィクスは言葉を失ったように、こちらを見ている。

「俺にとって愛ってのは、もっと重いものだ。どうしても生まれてしまい、手放すことができないもんなんだ」

自分の愛が金や地位でやりとりできるのであれば、前の世界の自分だって、もっと軽やかに生きることができただろう。

それからは、話すことはなかった。

朝食は、ひどく気まずいまま、終わってしまった。

■06　イルドの部屋　その一

ローザ公国王宮には、複数の離宮がある。ナナキが与えられたものとはまた別の離宮の一室。そこで、ルドヴィクスは顔を手で覆っていた。

「イルド、惨敗だ……。せっかく、オメガ候補が女神によって降臨したというのに。ひどくつれないのだが。アルファとオメガは、出会った瞬間から恋に落ちるんじゃないのか？」

ルドヴィクスがいるのは、薄い緑色を基調とした清潔な部屋だった。大きなベッドがあり、そこには銀髪で瞳も同様に銀の男が、背に大きなクッションをあてがい、身を起こしていた。イルドと呼ばれた彼は、ルドヴィクスと同年輩に見える。イルドの頬骨は高く、指は長い。

「まあまあ。最初なんてそんなものだろう」

ベッドのかたわらで嘆くルドヴィクスを、イルドは慰めた。ルドヴィクスの愚痴は続く。

「なんだ、あの目は。『金や地位をちらつかせれば、言うことを聞くと思って』って物言い、心臓が凍るかと思ったぞ」

ぐっとルドヴィクスは手を握る。

「私は若き公王ではないのか。あまたの姫に言い寄られているのではないのか。なぜ、ひとかけらの好意もないんだ」

「そうだな。おまえに言い寄る姫君ではなかったのが誤算だったな。いきなりこちらに連れて来られて、戸惑っているのだろう。『一目見たときから恋に落ちた』と創世記にある運命のつがいだって、最初からうまくいったわけではないだろう。いつだって伝説は、都合の悪いところは、はしょるものだ」

「でも」とルドヴィクスは言い募る。

「女神デアに謝って、祈り続けて、願って願って、ようやくものにしたチャンスなんだ。逃すわけにはいかない」

「ルドヴィクス。ぼくは、彼はなかなか見所がある、さすが女神だと思ったけれどね」

「どこが？」

「地位や財産でなびかないところかな」

ルドヴィクスはまじめな顔になった。

「地位や財産でなびかない。じゃあ、なにを差し出せばいいのだ。この美貌か。顔で取り入ればいいのか」

「違う。おまえが差し出すのは、真心だ」

ルドヴィクスの顔が硬直する。

「真心……――？」

「おまえが、自分より相手を大切に思い、ただ喜ばせたいと思ったときに、捧げるものだ」

ルドヴィクスは真剣に考えている。色恋沙汰に対して、今まで、そのような気持ちで相対した経験はなかった。色事とは、ルドヴィクスにとって、なにかを得るためになにかを差し出す、もしくは、奪われないために画策する、身体を張った外交以外のなにものでもなかった。

考え込んでしまったルドヴィクスに、イルドは言った。

「焦らないでいい。ゆっくり、誠実に、互いを知ればいい」

「誠実……」

イルドの細い手が、力なくベッドの上に落ちた。

「イルド……?」

「悪いね。少し、疲れてしまった」

ルドヴィクスの頬が歪む。

「イルド。昨夜の舞踏会で、おまえに『見て』もらったのが、さわったか。力を使わせすぎたな。おまえに頼ってばかりで、すまない」

「いいさ。ぼくにできることは、これくらいだから。………少し、眠る」

ルドヴィクスとイルドは、まるで兄弟のように過ごしてきた。だが、イルドの身体は弱い。最近では、いっそう、弱りつつある。

「焦りは禁物だよ」

「ああ、わかった」

そうは言われても、焦らずはいられない。これ以上、イルドに力を使わせたくない。早く。早くしなければ。女神の加護を取り戻し、国力を盤石にしなくては。

すうっと寝息が聞こえてきた。イルドが気を失うように眠ったのだ。その肌の色は、白を通り越して、ほの青くさえあった。その吐息がいつ途絶えてもおかしくないほどに、か細い。彼の手を取り、掛け布の中に入れてやりながら、ルドヴィクスは焦燥にかられ続けている。

時間がないのだ。早くしなければ。

■07　ナナキの決意

ナナキがこの世界に来てから、三日が過ぎた。

朝食はルドヴィクスととることになっているのだが、ナナキにとっては、ひどく気が滅入る日課だった。

初日の朝食は、今考えても最悪だった。

もう、自分のことは諦めただろうと、ナナキが考えたくらいには、ひどかった。

しかし、ルドヴィクスは翌日も朝食をともにと言ってきた。そして、リリサのいつでも泣いてやるという脅しの前にナナキは屈し、小食堂に赴く。ルドヴィクスが質問し、ナナキがぼそぼそと答える。ルドヴィクスを前にすると、ナナキは胃が重くなり、頭が痛くなる。食事が進まなくなり、ルドヴィクスに心配される。

その繰り返しだ。ナナキはつぶやく。

「あの食事をテイクアウト……――自分の部屋に持って帰って一人で食べられたら、もっと食が進むのに」

ばっさばっさと寝室の広いベッドに新しいシーツをかけながら、リリサが言った。

「ナナキ様。ルドヴィクス様のことを、そんなに嫌わなくてもいいんじゃないですか。他国の姫君は、ルドヴィクス様と近づきたくて列をなしているというのに」

それを聞いたナナキは、曲解する。

――ようは、いろんなお姫さんと遊びまくっているってことだよな。

チリチリと奥底にある、ナナキの恋心は焼けていく。そうして、さらにさらにルドヴィクスにマイナス点を加算していくのであった。

「んじゃあ、リリサがつがいになればいい」

言葉にトゲがあるなと自分でも思う。だが、リリサは明るくいなした。

「あらー、私には夫がいますもの。ルドヴィクス様が望んでいらしたつがいでもないですし。それに、ルドヴィクス公王陛下とは乳兄妹ですから、そんなふうには思えないですね。お小さい頃から優しくて、国民思いだし、イルド様のことだって……」

「イルド?」

いきなり出てきたな。初めて聞く名前だ。

「イルドって誰だ?」

リリサはそれには答えなかった。

「ルドヴィクス様と、仲良くしてやってくださいませ。ナナキ様」

「自分を監禁している相手と仲良くできるやつはいないだろ」

「監禁ってことはないでしょう。この部屋の中は自由にしてくださってかまいません」

リリサはそう言うが、部屋に閉じこめられたきりのこの状況を、監禁以外、どう表現できる。

「そうだ。中庭など、散策されてはいかがでしょう。バルコニーから螺旋階段で降りることができますよ。東屋には認識阻害の魔法がかかっておりますので、小鳥や蝶が来るのを観察できます」

「なるほど……」

庭の散策は、ナナキにとってなかなかの娯楽になった。中庭は薔薇が主に咲いていたが、端には小さなオリーブの林もあり、下草が生えている。草は、日本にいたときのヨモギに似ていた。

「匂いも似ているのかな。お灸にしたりするやつだっけ」

ナナキはなにげなくその草にふれたのだが、とたんに脳裏にその草の種類と効能が浮かんだ。

『オニヨモギ。乾燥して煎じれば万病によし。生の葉を火にくべれば多量の煙を発する……』

思わず手を離す。なんだ、今の。

すーはーと深呼吸を繰り返す。

ナナキは周囲の草にさわりまくった。

――やっぱり、わかる！　今の俺は文字通り、歩く植物図鑑だ。

それから、いくつかのことがわかった。さわるときに、「これはなにか」「どのような効能があるか」と考えていると、種類と効能がわかること。いくつかの種類に同時にふれると、薬になるときにはその配合と薬効が、そうでないときにはなにも浮かばないこと。

落ち着こうと、中庭の隅にある東屋の中のベンチに座った。

自分の手のひらを見ながら考える。もしかして、これが、女神の「ギフト」か？　なかなかすごい贈り物ではないだろうか。ふと、どこからか人の声がした。

「いまいましい。あの公王めが」

この東屋の背後には、表宮の中庭があるらしい。そちらに抜けられるわけではないが、声だけはよく聞こえる。ナナキが気づかれた気配はない。この東屋が鳥や蝶を見るために認識阻害の魔法をかけられているのが、影響しているのかもしれない。

「穀物の値段をこのように上げてくるとは。こちらが困っているのを知っていながら。まだ、三年前のことを根に持っているのか」

どうやら、他国の使節らしかった。

――米の値段をつり上げられて、米騒動になったたって、社会の時間に習った気がするぞ。

穀物の値段をつり上げるとは、やはりルドヴィクスは悪い王様なのだと、ナナキは決めつける。

「まったくでございます」

相づちを打つ声がする。女性の声だ。同行者なのだろう。

「我が国から姫様の輿入れを打診しても、へらへらとかわされてしまう。あの男、食えぬ」

政略結婚は、どこの世界でも同じらしい。他国の姫をめとって、国同士が争わずに済むというなら、そうすればいいのだ。自分をつがいだとか王配にするとか、言わずに。

——あいつのこと考えたくないんだが。気分が悪くなる。

「公王が狼の友だという噂は本当なのでしょうか」

——狼の友？

あの男が狼を飼っているのか？　それとも、狼になるのか？

ナナキの脳裏には、口からよだれを流した、獰猛なルドヴィクスの姿が浮かぶ。そういえば、狼がどうこう、言っていた……ような。

「わからぬ。だが、最近、離宮が騒がしいと報告があった。やつが狼の友で、つがいを見つけたら？」

「それは、創世のおとぎ話でございましょう？」

「どうかな。もしかして、創世の力を復活させるめどが、すでについているのかもしれぬ。すべての縁談を断り続けているのも、そのせいかもしれぬ。もし、つがいを見つけていたとしたら、着々と進軍の準備をしていたとしても、おかしくない」

そのつがいが自分なのだが。なんだか、物騒な話になっている。

「そうなったら、我が国はどうなる」

「しかし、この国に騎士団はありますが、軍隊はありません」

「軍など必要ない。王が狼の友となり、つがいを得たならそれだけで我が国など、蹴散らされてしまう。いや、下手をしたら、この世界が終わる」

俺を得ると、他国を圧倒？　世界の終わり？　俺は、最終兵器かなにかなのか？

ナナキは東屋のベンチで、背後の声が聞こえなくなっても考え込んでいた。やがて、女性の声がした。

「ようやく、二人きりになれましたわね」

「そうですね。美しいあなたを独り占めできる、私は幸せ者です」

相手はルドヴィクスだった。

「……！」

聞いていると、相手の女性は自分の国への小麦を多くして欲しいとねだっており、ルドヴィクスは「あなたの望みなら、聞いてさしあげたい。明日の会議にかけましょう」などと、応じている。公王のくせに国益はどうした。

煮え湯を飲まされたような気分だった。わなわなと肩が震える。

運命には逆らえない。ナナキは、気を抜けばルドヴィクスに恋をしてしまう。それを打ち消すことはできない。だが、方向を定めることはできる。つまり、ナナキの気持ちはより、マイナス方向へと進んでいった。

――こいつは、俺につがいになれと言っておきながら、ほかの女のために国益を損なうような王なんだ。

つがいとしても嫌いだが、王としても失格だ。そんなやつが、大きな力を持ったらどうなる？　ぜったいに、ろくなことにならないだろう。

――この王宮から逃げよう。

ルドヴィクスから離れたい。それは、ずっと願っていたことだ。それを、なんとしても、現実にするのだ。

ナナキはその夜、リリサに話を持ちかけた。

「この王宮の、外の景色を見たいんだ。もちろん、護衛つきでいいから」

リリサは、ナナキからの積極的な申し出に驚いたようだった。

「どういう風の吹き回しでございますか？」

「俺は、いずれこの国の王配とやらになるんだろう？　でも、俺は、この国のことを何一つ知らない」

リリサの顔が明るくなった。

「わかりました。ルドヴィクス様に伝えたら喜ぶと思います」

リリサは上機嫌で部屋を出ていった。

ナナキが王宮の外に出してもらったのは、一週間ほど後のことだった。

馬車に乗せられて、丘から下っていく。警護の騎士は十人ほど。馬車の前後左右についていて、決して逃げられないようになっている。馬車にはルドヴィクスも同乗していた。

「こちらが、ローザ公国の王都、ローゼリムになります。いかがですか？」

ルドヴィクスは、なんだか得意そうだった。心から誇っているように感じられる。気づまりだが、ことをなすまでは、我慢しなくては。ナナキはできるだけ、穏便に対応することにする。

「思ったよりも、大きな町ですね」

「左がローゼリムの中央広場になります。やがて来る収穫祭には、舞台が設置され、劇や狼を真似た遠吠え大会が催されます」

実際に王都ローゼリムは、美しい町だった。

三階建ての建物が並ぶ。ぼろを着ている者もいない。みんな豊かに見える。看板には絵が描かれているので、なんの店かすぐわかった。宿屋、酒屋、宝石屋、服屋、鍵屋………。

「賑わってるんですね」

ナナキの心は、自分で予想したよりも、ずっと高揚していた。自分は思っているより、人が好きらしい。

こちらに来る前は、コンビニでバイトをしていた。おかしなクレーマーが来たり、店の前にゴミを捨てられたり。なのに、今となっては懐かしい思い出だ。

そういえば、助けた女性は無事だっただろうか。猛ダッシュしていたから、きっと大丈夫と思いたい。犯人は捕まっただろうか。あれ以上、何事も起こしていないといいのだが。そんなことを考えているうちに、馬車は町を通り過ぎ、街道を進んでいく。

牧草地帯が広がり、牛や羊が放牧されている。

畑には作物が実っている。

オリーブ畑が広がり、それを過ぎるとブドウ畑があった。

「女神の加護により、貴重な鉱石のとれる鉱山もあり、細工職人もおります。ですが我が国は基本は農業国なのです。あなたが興味があるのなら、書物など届けさせましょう。信頼できる教師をつけるのもいいですね。いずれ私と、この国を治めていくのですから、知って損をすることはありません」

「ですかね……」

ルドヴィクスは楽しそうに、これからを語っている。

こいつ、よくしゃべるなと思いながら、ナナキはルドヴィクスを見つめている。そして、同時に思っていた。いつも、こんなだったらいいのにな。自国を愛する公王として、尊敬できる相手なのだったら、まだしもとっかかりがありそうなものなのに。

いやいや、いくら美女相手のデートだからって、気軽に口利きするような、無能な王なんだぞ。ないない、それはない。

「それでは、ここらで一休みしてから帰りましょう」

茶をわかすために、馬車の外で火が焚かれる。まことに申し訳ないが、今日、このときが、自分に与えられたチャンスだった。

ナナキは馬車を飛び出した。驚いたルドヴィクスがあとを追ってくる。これは計算済みだ。ナナキは懐から、袋を取り出し、火に投げ入れた。すばやく目を閉じ、口を布で覆う。煙がもうもうと立つ。オニヨモギとトウガラシソウのブレンドだ。こいつは、目と口を刺激する。煙が目は見えず、喉は焼けつくように痛む。煙がおさまった頃合いを見計らって、ナナキは目を開いた。

うまくいくかどうか、いちかばちかの賭けだったが。騎士たちもルドヴィクスももがき、苦しんでいる。

——ごめん。でも、毒じゃないから。

馬たちも大騒ぎしている。騎士の一人から剣を失敬する。

「重い！」

剣をひきずるようにして移動すると、馬の革綱を切っていく。馬たちは走り去る。一頭だけ残しておいた馬に、乗ろうとして挫折しそうになった。鞍が高い。

「うおおおおっ」

ナナキは馬によじ登り、綱をなんとか切った。目と鼻に刺激を受けて怒っていた馬は、がむしゃらに街道を走り出した。

「尻が、尻が壊れる！」

ナナキは叫んだ。

しばし走ったのち、ナナキは馬に振り落とされた。茂みに落ちたのは幸いだった。馬はそのまま走り去る。

茂みから這い出た場所は、四つ辻だった。

日が暮れ、少し寒くなってきた。服は上着に帯、そしてズボンだ。夜を越せるほどの装備ではない。加えて、金も持っていない。

「あまりに考えなしだった……か……？」

むちゃをした。その自覚はある。

寂しい場所だ。土地勘がないので、どの道をどう走ったのか。これから、どこに行けばいいのか。そんなことさえ、わからない。ただ、ルドヴィクスと離れることができた。それだけは、とてつもなく嬉しい。もう、不必要に心をざわつかせることはない。無意味に腹を立て、胃が痛くなったりしなくてもいい。

「まあ、自由の身だ」

そう、ナナキがつぶやいたときに、馬の足音がした。一瞬、ルドヴィクスかと思った。彼がいち早く、自分に追いついたのかと思ったのだ。あせりもしたが、どこかで嬉しくも感じている。その矛盾がいつもナナキを混乱させ、疲れさせるのだ。

「失礼する。つがい殿か？」

独特な抑揚の、くぐもった声がした。月明かりで、かろうじて馬上の男が騎士の制服でないことはわかった。ましてや、ルドヴィクスでもない。

「だれだ……？」

前世で自分を刺してきた男と同じ、うろんな気配を感じた。

ナナキは逃げた。

男は下馬して追ってきた。しなやかな動きだった。

道は舗装されておらず、土を固めただけだ。石につまずき、ナナキはひっくり返った。男は、短剣をとると、大きく振りかぶる。刃が、月に煌めく。

——俺は、死にたくない。

そのときに、ナナキははっきりと悟ったのだ。前の世界でもここでも、いつでもこの生を終えていいんだと、うそぶいていた。だが、違う。俺は、生きたい。それは、まだ若いナナキの中に灯る、生命の火、そこからの、どうしようもない切ない願望であった。本能と言っても差し支えない、中心に灯る魂の叫びであった。

――生きたい。

ルドヴィクスの顔がちらついた。なんでだ。どうして、最期のときにあいつなんて、思い浮かべるんだ。大嫌いなのに。

「……？」

男の動きは、ナナキが予想していたより緩慢だった。ナナキは指で土をかき集めると、男に向かって投げつけた。

「う……！」

相手がひるんだそのとき。遠吠えが聞こえてきた。

――犬？　野犬か？

違う。それは、もっと、高く、そして、複雑な響きを持っていた。響きはいくつもいくつも重なり、さながら旋律のようだ。そういえば、公王を狼の友と言っていた。もしかして、ルドヴィクスが来てくれたのだろうか。

茂みの中に二つの金色の点が浮かんだ。息づかいが聞こえてくる。それは、どんどん増えていく。

「ほんとの狼？」

悲鳴が聞こえた。刺客が叫んでいるのだ。彼の足に、狼が食いついていた。たまらず、短剣を狼に突き立てようとするのだが、狼は素早く逃げる。狼の身のこなしは、まるで流れる水のようで、こんなときであるのに、ナナキはうっとり見蕩れてしまった。刺客が、這って逃げていく。狼たちはそれ以上、男を追いはしなかった。

ぞろぞろと、茂みの中から狼たちが十数頭、出てきた。ツキノワグマほどの大きさの、立派な狼たちだった。そう言えば、近所のばあちゃんが、自分が小さいときには、野犬が群れていたと言っていたっけ。犬が群れるくらいなのだ。狼だって、群れるだろう。

「食い殺される！」

立ち上がり、逃げようとした。だが、ナナキの腰はまったく役に立たなかった。腰が抜けるって、ほんとにあるのだと感心する。

「いや違う。感心している場合じゃなかった」

この狼たちの前には、自分なんて羊よりもたやすい獲物だろう。

「俺は、あんまり肉がない。食ってもうまくないぞ」

震える声で言ってみたが、狼に通じたとも思えない。ナナキの脳裏には、食われて散らかされた自分の姿がまざまざと浮かんだ。

狼たちは、互いに目を見交わしている。彼らは言葉を発しているわけではないが、なんだか、あきれているように感じられた。

狼のうちの一頭が、前に出てきた。黒い、立派な毛並みをしている。その狼の身体が大きくなり、ヒグマほどの大きさになった。ナナキはおののく。黒狼は、ナナキの首の後ろの布を咥えた。そのまま、ふわっとナナキの身体を背に乗せる。

「え、え？」

とっとっとっと、歩を進める。ナナキはその背にしがみついた。それを確認した狼は、走り出した。馬よりも速い。狼たちは細道を走っていく。ナナキは必死に狼の背にしがみつく。狼の毛並みはふかふかで、体毛の下、背中の筋肉が上下しているのを感じる。その温かさが、ナナキにはこのうえなく心強く感じられた。

狼の背に乗って移動しているうちに、ナナキは次第に身体に力が戻ってくるのを感じた。腰に力がこめられるようになり、しっかりと狼を抱え直す。

道はどんどん細く、人一人がようやく通れるほどになり、やがてほんの少し、開けたところに出た。狼たちの周囲に、灯りがともる。

「う……？」

ナナキは驚いたのだが、それは炎ではなく、暖かな太陽の光を少し分けたような色合いだった。

ナナキを背に乗せていた狼が、そっと身体を震わせる。降りろと言われた気がしたので、ナナキはおとなしく降りた。黒狼は、周囲の狼と同じ大きさになった。

狼たちは、道をあける。そこに行けと言われた気がしたので、ナナキは従った。

狼たちの輪の真ん中に、小さな狼がいた。毛並みは黒だ。ナナキを背に乗せて、ここまで来た狼の色と似ている。あの狼の子どもかもしれない。小さなその狼は、前足をかばっていた。診ろと言っている気がする。

明かりを頼りに、その狼の前足を診る。その子狼の前足には細く鋭い枝が刺さっていた。

ナナキは顔をしかめた。

「これは、痛いよな」

ピンセットがあればよかったのだが、ここにそんなものはない。ナナキは指先で、なんとかして小枝を抜き取り、自分の帯をといて包帯代わりに巻いてやった。

狼はありがとうというように、ナナキに身体をすり寄せてきた。腰を屈(かが)めたまま、そっと抱きあげる。温かい。子狼は黒い瞳をしていて、くりくりとした目でこちらを見上げてくる。久しぶりに感じるこの感情、これは「かわいい」だ。

——なんて、愛らしい。

おとなよりずっと小さくて、抱っこができる。目がつぶらで大きい。手足もずんぐりしていて、丸っこい。おまけに、ナナキのことが気に入ったらしく、犬のように、くうんくうんと甘え声を出している。

狼たちは、ナナキを食べるようには見えないので、少し気持ちが落ちついてきた。立ち上がる際に子狼を地面に下ろすと、もっと抱っこしてくれというようにまた甘え鳴きをする。

周囲のおとなの狼たちは、頭(あたま)を真ん中にして円陣を組んでいる。なにごとかを、話し合っているようだったが、やがて狼全員がナナキのところに来て、頭を下げた。

「なにが始まるんだ?」

　そのうちの一頭、ナナキを連れて来た狼の輪郭が揺らぐ。そして、農民の姿になった。狼が男の人になった……?

「は?」

　いったい、どういうことなんだ。

「おめさん、頼みがあり申すんだけど」

「はい?」

　この男の話が聞きづらいのは、自分がネイティブじゃないからとか、そういう理由ではないだろう。

「おめさんからは、女神の祝福の匂いがするだら。この子を預かってくれんかね」

　この子って、この狼の子どものこと?

「この子は、見てのとおり、けがをしているでがんす。だもんで、南まで走れないんだがや。背に乗せて行こうとしたども、好奇心旺盛でおてんばゆえに、落ちてしまうんだすよ。……わしの言ってること、通じてる?」

「あ、まあ、なんとなく……」

「あー、いかった。こん人が、おめえのにーちゃんだど。よーく言うことを聞くんだで」

言うことがわかったというように、子狼はめちゃくちゃしっぽを振っている。

「いや、そういうことを言われても、俺にも都合が……」

男はまた、元の狼の姿に戻った。狼たちは上を向くと、大きく、遠吠えをした。そうすると、遥か向こうから、こたえるように遠吠えがある。

「なんだ、なんだ？」

一度、ナナキに向かって頭を下げると、狼たちは走り出す。

「待て！　ちょっと待てって！」

森の片隅にはとうとう、ナナキと子狼だけが残された。

自分に、遠吠えができたら「戻ってきてくれ」と伝えられるのに。だが、悲しいかな。人間の身では「待って」とあせった声を出すしかないのだった。

これは、狼の育児放棄なのか？　あまりにも、無責任だろう。

「にーたん」

そうよびかけられて、ナナキは立ち止まった。

振り返ると、そこにいたのは三歳ほどの幼女だった。なにも着ておらず、真っ裸だ。ウェーブした黒髪が、肩まで豊かに伸びているのが、月明かりに見て取れる。こちらを見ている瞳も黒々としていた。

「ふ、たば……」

――にーたん。

妹の声が聞こえた気がした。幼女は小首を傾げると、ナナキに向かって言った。

「にーたん？」

あどけなく、つたない言葉。強烈に、ナナキは思い出していた。ふたばを、妹を。そして、父がいて母がいて、この家は盤石と思っていたころを。

今まで、忘れ去っていたのに。

――いや、嘘だ。

一度として、忘れたことなどなかった。ずっと、抱え続けていた。彼女の死はあまりにも早く、あまりにも突然で、あまりにも理不尽で。そして、彼女が可愛かったから。

ナナキの愛の質量は重すぎた。止めることができない。それをしたら、自分がちぎれてしまう。

「ふたば……」

よく見れば、別人だとわかる。ふたばよりも幼いし、顔立ちも違う。けれど、黒いくるくるの髪に黒い瞳。柔らかい頬。それだけで、自分は彼女をふたばだと思ってしまう。それほどに、愛おしかった。それほどに、断絶がつらかった。今でも、その切り口が痛むくらいに。

「違う」

ナナキに襲ってきたのは、猛烈な怒りであった。

「ち、がう……！」

ふざけるな。

おまえは、ふたばじゃない。

この世界では、狼は特別な力を持っているのかもしれない。だから、子狼が変身しても不思議じゃないのかもしれない。だが、よりによって、そんな姿にならなくてもいいだろう。俺の心を抉るために、そんな姿をしているのか。

ふたばは死んだ。二度と、会えない。

「化け物め」

低い声で、ナナキはそう告げたのだが、それは、なんとか己の心を納得させようとして言ったのに過ぎなかった。その生き物は、ナナキが思っているよりも、もっとずっと、無邪気だった。あどけない笑みを浮かべて、ナナキに問いかけてくる。

「にーたん？」

違う。自分は、兄じゃないんだ。おまえが、ふたばじゃないように。そう思ったのに、ナナキはそれ以上、なにも言えなくなってしまった。ただ、背を向けて、歩きだす。

「にーたん！」

幼い声が、聞こえてくる。

歩きながら、いやになるほど鮮明に、ナナキは思い出していた。

流された涙。握りしめても冷たくなっていった手。すべてが一夜にして変わってしまったあのとき。

もういないんだ。あれは、ふたばじゃない。あの子とは、二度と会えないんだ。

これは、ふたばじゃない。だから、足を止めるな。そう思ったのに。

だが、どうしても、それ以上、歩くことができなくなってしまった。ナナキは、足を止めた。月を振り仰いだ。ぜったいに、ふたばではない。これは、違う。けれど、振り返ってしまった。

「にーたん」

ふたばではない。だが、小さい女の子だ。か弱い、足に自分が手当てしてやった包帯代わりの帯を巻いている幼子だ。

彼女は、置いて行かれてしまうことが不安でたまらないように、ナナキをじっと見つめていた。追いかけようと足を踏み出し、痛みに泣きそうな顔をする。

まずい。これは、まずい。

「泣くなよ」

ナナキはそう言っていた。

「泣くんじゃない。俺は……——女の涙が苦手なんだ」

ああ、そんなんじゃ寒いよな。寒くてたまらないよな。

ナナキは、彼女のところに近づいていった。彼女は歩こうとするのをやめて、おとなしくナナキを待っている。すぐそばまで行くと、ナナキは腰を低くした。彼女は、その幼い傲慢さをもって、まるで当然といわんばかりの態度で両手を広げてきた。だっこしろと言っているのだ。

「ごめんな」

ナナキは知らずに、そう言っていた。自分の上着を脱ぐと、彼女の肩に掛け、それでくるみこむように抱き上げる。

ふたばじゃないって、わかっているのに。これは、元は狼だ。だけど、それでもいい。あたたかいもの。愛しいもの。妹に似ているもの。それを俺は、抱きしめずにはいられないんだ。

彼女がこちらをのぞき込んでくる。

「にーたん……?」

「うん」

子どもは、涙がつたうナナキの頬を不思議そうに撫でてくる。自分のほうが、知らないうちに泣いていたのだった。

「おまえ、仲間のところに帰らなくていいのか?」

彼女は、うーんと考え込んでいるようだった。それから、言った。

「にーたんといる」

もしかして、この姿になったのは、自分に育てさせるための知恵なのか。だとしたら、大当たりだ。効果抜群だ。

「よし、わかった」

そう言ったナナキは、いきなり途方に暮れた。

生きようと決意したとたんに、難題があれこれと降りかかってきた。

今までナナキはルドヴィクスから離れたいという、ただそれだけの気持ちでいた。そして、それはかなった。しかし、このように温かく丸く、すべらかなものを手に入れ、これを生かしたい、そしてまた自分も生きたいと願ってしまったときに、どうしたらいいのか、皆目見当がつかなかった。

だいたいがこの森が国のどこに位置しているのか。この一夜をいかにして過ごせばいいのか。

「しまったな」

ナナキは後悔していた。王宮を脱出する前に、もっとこの国に興味を持って勉強しておけばよかった。ナナキは道を歩き出した。夜に飛ぶ鳥の声がして、茂みはざわざわと揺れる。

「うわー……」

寒くなってきた。しかし、腕の中の幼子はあたたかい。彼女はぎゅうとしがみついてきて、ナナキは命そのものをこの手に抱いているのだという、敬虔(けいけん)な心地になる。

「これから、どうすればいいんだろう」

ナナキは、幼子にそう話しかけた。それがわかったものか、はたまた、単なる偶然だったのか。幼子は、「あっち」と言うと、一方を指さした。もとより、どこに行くあてがあるではない。ナナキは幼子を抱いたまま、ただ言われるがまま道を歩いていった。やがて、前方に小屋が見えた。小屋の窓からは灯りが漏れている。ナナキは力がわいてくるのを感じた。

自分たちをどう説明しようか。

ナナキは迷っていた。本当のことを話したら、敬遠されるに決まっている。だいたい、信じてもらえるかわからない。

抱いている小さな女の子は狼で、自分はそれを拾っただけの異世界からの転生者で、しかも、公王陛下のつがいだとかで、そのうえ命を狙われそうになっていて。

てんこもりすぎる！　展開が、てんこもりすぎる！

せめて、どれか一つだったら、説明しようという気持ちになったかもわからないのだが、こうなっては自分の語彙力では説明が不可能だ。ごまかそう。なんとか、ごまかしてしまおう。そう、ナナキは心に決めた。

ぎゅっと、子供を抱きしめる。彼女もまた、抱き返してくる。

とにかく、中に入ってみよう。一晩だけでも寝かせてもらおう。

「いい子にしてるんだぞ」と言い聞かせる。幼子はわかったのかわからないのか、「あい」と返事をした。ナナキは、小屋の扉を叩いた。叫び声がした。

とにかく、中に人がいることだけは確かだ。

「あの、すみません。入りますよ？」

ナナキは扉をあける。幸いなことに、鍵はかかっていなかった。

中の光景を、ナナキは見た。

■08　三日月の森　その一

小屋の中は、ナナキが思っていたよりもずっと広々としていて、居心地がよさそうだった。天井は高く、そこから、いくつもの薬草がぶら下げられている。

中にいたのは、若い男女だった。金髪のきりりとした顔立ちの女性と、茶色い髪をしたやや太めの男性だ。二人は、手を取り合っていた。

「お願いです、私たちを連れ戻さないでください！」

「ぼくたちのこと、黙って見逃してください！」

自分よりもパニックに陥っている相手を見ると、自然と冷静になるのだとナナキは知った。だいたい、自分たちをどう見たら、連れ戻しにきた人間に見えるのだろうか。

「あのー。俺たち、その、兄妹なんですけど……――道に迷ってしまって」

「連れ戻しにきたんじゃ……ない？」

「違います」

二人はようやく、まともにナナキたちを見た。彼らの目には、自分たちはどう映っているのだろうか。全裸にぶかぶかの服をまとっている小さな女の子と、おそらく、かなり身なりはいい若い男。「迷ってしまって」って、なんだ、それ。いくらなんでも、むりがありすぎるだろう。

だが、二人は「追っ手じゃない」ことに安心したらしく、ナナキたちを快く迎え入れてくれた。男性のほうはサンチョ、女性のほうはネリーと名乗った。

「そっか。よかった。ぼくはてっきり、追っ手がここを見つけたのかと思ったよ。あ、言っておくけど、お尋ね者とか、そういうんじゃないからね。女神デアに誓って、そんな悪いことはいたしません。ぼくたち、駆け落ちしてきたんだよ」

サンチョはそう言って、ナナキたちを薪ストーブのそばに座らせてくれた。ストーブの炎がチラチラ見えている。ネリーが幼子を見て、顔をしかめた。

「ちょっと待って。荷物は？　ない？　だめよ、妹さん、風邪を引いてしまうわ」

ネリーは奥から、シーツを持ってくると、するすると折り畳んで、服の形を作り、幼子に着せてくれた。

「不格好でごめんね。奥を探せば針と糸が出てくると思うんだけど。そうしたら、縫ってあげるから、それまでそれで我慢して」

「あい」

幼子はうれしそうに返事をした。サンチョが言った。

「おなかすいてるよね。今は、パンとスープしかなくて悪いけど、食べて食べて」

「……いいのか？」

この人たちは駆け落ちしてきたと言っていた。食べ物をそこまで持ってきたとは思えない。

それなのに、こうして、見知らぬ自分たちに食事を振る舞ってくれるなんて、なんて優しいんだろう。

反して、俺たち、図々しすぎないか？

そう思ったのだが、スープの香りに腹が減っていることを自覚せずにはいられない。幼子ときたら、だらーっと口から涎を流している。なんて、はしたない。

「お言葉に甘えます……」

ネリーは、パンを山盛りにして、木の器にスープを注いでくれた。スープはわずかにベーコンっぽいものが浮かんでいて、あとはタマネギくらいのものだが、ナナキにとっては、どんなごちそうよりも数倍、美味に感じられた。

おなかに温かい物が入ってきたら、とたんに肩の力が抜けてきた。ルドヴィクスという、自分を右往左往させる存在ととりあえず離れられた。そのことに安堵した。それと同時に、なんとなく物足りなさも感じている。それにナナキは腹を立てる。

――あーもー、運命っていうより、これじゃ呪いだろ！

いつまで、あの軽薄な公王は自分を縛るんだ。

「ん、ん」

まずい。幼子が目を白黒させていた。乾いたパンで口の水分をとられたらしい。ナナキは、かつて妹にそうしていたように、パンをスープに浸して柔らかくして食べさせてやった。

「んーむ」

彼女は、もぐもぐとよく食べている。狼なのに、パンとスープってどうなのか。そう思ったのだが、おいしそうにしているので、いいことにする。

「そういえば、さっき、狼の声がしていたけど、大丈夫だった？」

サンチョにそう言われて、ナナキはドキリとする。今、目の前でスープをすすっているこの少女こそが、その一族だというのは、やはりこの世界でも特異なことなのだろう。これは、隠しておかねば。

「いや……まあ……」

「『愚劣王の大過』以降、狼たちは人間を嫌っているからねえ。そっか。もう、そんな季節なんだね」

「あの、サンチョ」

ナナキは正直に言った。

「俺とこの子は、田舎から出てきたんだ。だから、知らないことばかりで。色々と、教えてもらってもいいだろうか」

「うん、わかった」

「ありがとう。助かるよ」

「いいんだよ。女神デアのもとに、助け合わないとね」

女神デア。ナナキの脳裏に、杖を抱いてビクビクしていた女神が浮かんだ。もしかして、女神はけっこう慕われていたりするんだろうか。あんなふうに、楯突いてばかりで悪かったな。

幼子はおなかがぽんぽんになって、眠ってしまった。ネリーが彼女に毛布をかけてくれる。

薪ストーブの前で、サンチョは低い声で語り始めた。

「ぼくたちは、ここよりもっと西の、オネア村の出身なんだ。そら、ランバルドとのいざこざがあったところさ。ぼくら、幼なじみで、結婚の約束をしていたんだけど、反対されちゃってね。ネリーが隣の村にむりやり嫁がされそうになったんで、逃げてきたんだ」

「そういうの、やっぱり、あるんだな」

ナナキもまあ、似たようなものだ。

「でも、しょうがないよね。西は特に、加護を失うばかりだし。……——ごめんね。ぼくたちの話ばっかりで」

「俺の名前はナナキ。この子は、ふ……」

ふたば、と呼んでしまうには、自分の傷は生々しすぎる。それに、なんと言っても、この子はふたばではない。ナナキは逡巡（しゅんじゅん）ののち、「フジコ」と言った。

「この子の名前は、フジコ」

「へえ、珍しい名前だね」

「うちのほうでは、最高にかっこいい女性の名前なんだ」

サンチョは、ストーブにくべる薪を並べて説明してくれた。

「ローザ公国は、大陸の一番端に位置している。しゃもじのさきっぽとか、亀の甲羅の上とか言われているね。ここは、国の東端に位置している三日月の森だよ。どうして三日月の森というかというと、国の東は丸くなっていて、森は北から南にかけてあり、三日月の形をしているから。別名は狼の道。狼たちはこの、森の中にある道を通って秋には南下し、春には北上する」

「なるほど」

それにしても、いきなり現れた自分たち、自称・兄妹が、怖くないのだろうか。

あまりにも心配になってしまって、そう訊ねるとサンチョが笑った。

「そんな悪い人が、子ども連れでこんなところにいるはずないでしょ。なにか事情があって困っているって考えたほうが合ってるのに決まってるよ」

ネリーがすっと、サンチョによりそった。

「サンチョの人を見る目は確かよ。それを、私は信じているの。だから、サンチョがいいって言うなら、私は従うわ」

ナナキは意外だった。サンチョはずんぐりしているし、ネリーは目の覚めるような美人だ。

サンチョのほうがネリーに夢中なのだと思っていたのだが、これは、どうやら逆らしい。サンチョは残念そうだった。

「ほんとなら、きみたちにはうちの村に来てもらえればいいんだけどね。こんなご時世だからね」

こんなご時世とは？

「俺は、ここに来る前に王都の城下町を見た。栄えているように見えたんだが」

「そうだね。王都ローゼリムのあたりはあんまり変わってないんだよ。うちのオネア村は、西門の戦いのときに、加護を使ってしまったからね」

「加護を使う？　それって、具体的にどういうことなんだ？」

「女神デアのお力が薄まって、荒れ地になってしまったってこと。だから、内地に新しい土地をもらって開拓しているところなんだ。だから、まだ他国の人を受け入れる余裕がなくてさ。ごめんね」

サンチョの話は続いた。

「ここは、世捨て人のおじいさんが暮らしていたところなんだよね。ぼく、ときどき様子を見に来てたんだ。あれこれ買い物をしてあげたりしてね。気に入られてて、万が一のことがあったときのためにって、鍵をもらってたんだ」

そのご老人は、去年亡くなったという。

「それで今回、ありがたく使わせてもらったんだ。ここを知っているのは、ぼくだけだから、見つからないかなって。一週間もしたら、追っ手もあきらめるだろうし。そしたら、街道に出て、辻馬車を拾って、王都まで行こうかなって。王都だったら、なんか仕事があると思うんだ。ナナキたちはどうする?」

ナナキは考える。ふつうに考えたら、サンチョたちと行動を共にしたほうがいいだろう。自分たちと違って、サンチョたちにはこの世界での知識がある。王都に行けば、もしかして、自分にも仕事が見つかるかもしれない。

だが、王都には……。

——ルドヴィクスが、いるんだよなあ。

ここまで離れて、ようやくナナキは落ち着いた。わけのわからない苛立ちを感じることがなくなった。もう、王都には行きたくない。ルドヴィクスには近づきたくない。

「俺たちの行く末は、まだ考え中だ」

「そっか」

サンチョは、驚くほどあっさりと引き下がってくれた。ふと見ると、部屋の片隅には大きな籠(かご)いっぱいに草が入っていた。

「あの草は……なに?」

「ああ、あれ? できたら、ぼくら、王都に行くときには、まとまったお金になるものを持って行きたいんだよね。薬草ならいけるかなって思ったんだけど」

「薬になる草と、そうじゃないのが混じってるみたいだけど」

「そうなんだよ。分けるのが難しくて、少しずつこなしてるんだ。似てる毒草と薬草があったりするしね」

これはもしかして、女神のギフトが役に立つかもしれない。

ナナキは、サンチョに許しを得て、草を手に取ると、選別しだした。頭の中に、草の名前と効能が次々と浮かぶ。小一時間もすると、選別が終わった。

「す、すごいよ。完璧（かんぺき）だよ。これなら、高く引き取ってくれる」

サンチョが、ナナキを尊敬の目で見た。

「ナナキは、目利きなんだね」

「いや、なんか、草を持つと浮かんでくる、みたいな？」

「女神からの贈り物（ギフト）だね。最近では珍しいよ。きみ、女神にすごく愛されてるんだね。……

──あのさ、ナナキ」

かしこまって、サンチョは提案してきた。

「君たち兄妹が、ここにいた世捨て人さんみたいに、何か理由があって、人に会いたくないのはわかったよ。だから、ここは君たちに貸すよ」

「でも、それじゃあ」

「いいんだ。ここのおじいさんが、最期に言ったんだよ。自分みたいに、町や村になじめない人間がいたら、そいつに渡してやってくれって。……――それで、ナナキには、この森にある薬草や薬になる茸を採取してほしい。それで、ゆくゆくは、薬を作ってほしいんだ。そのほうが高く売れるからね。できるかな」

「やってみる。ただ、道具が必要だよな」

「ここにあるものは使っていいよ。必要なものがあれば、ぼくが町で買ってくるよ。それで、上がりを半分ずつにしてくれると嬉しい。買い物もするし、前に世捨て人のおじいさんのことを見ているから、ここでの生活のアドバイスもできるよ。どうかな？」

「それは……、俺にとっては願ったり叶ったりだが」

ナナキは目の前でニコニコしているサンチョを見た。聖人か、この男は。

加えて、ちゃっかり、自分の利益も生んでいる。

もしかして、女神から、人たらしのギフトをもらっているのではないか。

ネリーが本を差し出す。

「ナナキ、この本、ここにあったものなんだけど参考になるかしら？　私たち、この本を見ながら選別していたんだけど、なかなかはかどらなくて」

それは薬草の知識を記した書物だった。この世界には本が一般的にあることにまず感動したし、古いながらも系統立てられて、きちんと記されていることにも感心した。

からね」

「ありがとう、ネリー。とても役に立つよ。二人が早く王都に行けるように、俺、がんばる

ネリーとサンチョは、目を見交わして、微笑んだ。

「こちらこそだよー。いつになったら、王都に行けるか、めどが立たなくて困ってたんだよ。これで、気が軽くなったよ。ありがとうね。よし。今日は飲もう。奥に自家製のワインがあったんだ」

サンチョに陶器のコップを手渡される。ネリーも座った。サンチョが小さな樽から注いでくれる。

「女神デアに乾杯」

そう言ってサンチョがグラスを掲げる。真似をして、ナナキも「女神デアに」と言ってみた。飲んだワインはブドウの香りが高く、色が濃い。濃厚な味わいで、身体の中に染み通ってくるようだった。

「うん？　どうしたの？」

「そういえば、俺、酒って初めて飲んだかも」

「え、そうなの？　うちの村では、健康にいいからって、子どもでも飲んだりするんだけど。ナナキがいたところでは違うのかな。どう？　初めてのワインは」

「……おいしい……」

「よかった。ほら、もっと飲んで」

奥に取ってくれた寝床に、フジコといっしょにもぐりこんだときには、ナナキはだいぶ酔っていた。

フジコは寒いのか、ナナキとくっつきたがる。丸い頬に明日も楽しいことが待っているというような、笑みが浮かんでいる。白い額に小さな肩。

違うとわかっているのに、思い出してしまう。

ナナキは、胸に痛みを感じた。いやな痛みではなかった。甘い痛みだ。それは、心臓が打ち鳴らされると同時に響き、ナナキの中に浸透してくるようだった。今日のワインのように濃度を持っていて、ナナキの中に巡ってくる。

つがいになれのなんだのではなく、ごく普通に、楽しく話ができる相手と久しぶりに会話をしたせいなのか。やっとこの世界にいる実感がしている。

「おまえさ、俺といていいの？」

そう訊ねると、フジコは眠ったまま、手を伸ばして抱きついてくる。

「それにしても、今日はいろいろあったなあ」

王宮から逃げてきた。暗殺されそうになった。そこに狼が来て、フジコを託されて、サンチョとネリーに出会って。

てんこもりすぎだ。むちゃくちゃだ。

今ごろ、ルドヴィクスはなにをしているのだろうか。自分がいなくなって、慌てているだろうか。少しは心配してくれているんだろうか。

「いや、違うな」

探す気になれば、探し当てられているはずだ。今ごろ、ルドヴィクスは美女と楽しくお過ごし遊ばしているに違いない。つがい候補という名の武器としてさえ、とうとう見限られたというところか。

「まあ、俺だって、せいせいしたんだけど」

運命だって言ってたけど、そんなのははかないものだ。

寂しくなんてない。これから、フジコとたくましく生きていくのだ、俺は。


彼らは知らない。

小屋の外、窓からこちらを窺っている者がいたことを。男は、青いマントを身にまとっている。帯剣姿がさまになっている。その男は、仮面をつけていた。容貌(ようぼう)遮断、認識阻害の魔力を帯びた仮面である。さらに、認識阻害のフードを被っていたので、気配を察知することはできないし、見た者は、その男の容貌をしっかりと記憶に残すことができない。

男は、ほっと息をついた。

「まったく、こちらの気も知らないで……」

そう言ったかと思うと、男はそっと場を離れた。土が柔らかいところは決して踏まず、足跡を残すことを避けている。やや離れたところに繋がれていた馬は、見事な栗毛であった。つややかな毛の色が、月明かりを反射している。

「夜に連れ出して、悪かったな」

優しい声でそう言って、男は馬をなでてやる。周囲には騎士たちが控えていた。

「ラティス様。あとは、我々にお任せください」

ラティスと呼ばれた騎士はうなずいた。騎士の制服は詰め襟のシャツに、動きやすいようスリットの入った上着を着用する。色は紺であった。さらに各騎士団の意匠の入ったマントを着用し、ときにはその上に認識阻害のフードを被る。ちなみに、ラティスの騎士団のマントの色は青である。

「いいか。くれぐれも、見つからないように。決して、姿を現すことも、気配を察知させることもならないぞ。そのための、認識阻害のフードなのだからな」

「はい」

「おまえたちになら、任せられる。よろしく頼む」

そう告げると、ラティスと呼ばれた仮面の騎士は、馬に乗り、細い道を戻っていった。

■09　イルドの部屋　その二

ローザ公国離宮の一室。イルドの部屋。

イルドは、ベッドで身を起こして書物に目を通していた。ノックとともに人が入ってくる。ラティスであった。

ラティスが仮面を外す。すると……──茶と見えた髪は金色になり、青と見えた瞳はヘーゼルとなる。茫洋（ぼうよう）としていた風貌は、確かな輪郭をとった。

そこにあったのは、ルドヴィクス・イプサム・グラティア・デ・ローゼリム、ローザ公国公王の姿であった。

騎士ラティスとは、ルドヴィクスの別の姿なのだ。

イルドは驚きもせずに、言った。

「お帰り、ルドヴィクス。その様子だと、つがい殿は見つかったみたいだね」

「ああ」

ルドヴィクスは、室内にあった椅子を持ってくると、イルドの顔が一番よく見える位置に置いて、背もたれを前にしてもたれかかるよう座る。そうしているルドヴィクスは、ナナキの前にいるときや、舞踏会にいるときとは、まるで違って、砕けて気さくな様子だった。

「こちらの気も知らないで、呑気にメシを食っていた」

「おやおや」

「なんでだ？　うちのメシのほうがうまいだろ？　王宮の料理人が、腕を振るってるんだからな。だのに、なんで、あんなに楽しそうなんだよ？　笑ってたぞ。すごく、楽しそうに。粗末な小屋で、スープとパンだけの食事なのに。ワインだって、自分のところで造ったやつだ。それを、うまそうに飲んでいた。俺の前ではいっぺんだって見せたことがない顔だった」

ルドヴィクスは、自分でも制御できない感情に駆られているようで、そう、一気にまくしたてた。

「なるほど？」

イルドは、本を傍らに置くと、ルドヴィクスを見つめた。しばらくそうしていたのだが、やがて、おかしくてたまらなくなり、肩を震わせはじめた。彼にしては珍しいほどの大爆笑になってしまう。病弱なイルドをせき込ませるには充分で、ルドヴィクスはあわてて立ち上がると彼の枕元から瓶をとり、薬草茶を飲ませてくれた。医者を呼ぼうとしたルドヴィクスを手で止め、イルドは身を横たえる。

「平気だ。悪いが、こうして横にならせてもらう」

「ああ、無理するな」

「それにしても」

イルドはまた、笑おうとして口を押さえた。弱い身体の持ち主である彼にとっては、大きな感情の変化もまた、身体を害する元になるのであった。

「きみのつがい殿は、なかなかやるねえ。まさか、護衛の騎士たちを目つぶしして逃げるとは」

「笑い事じゃないんだ。ランバルドが狙っているというのに」

ルドヴィクスは、また椅子に座った。いらついているようだった。

「アルファとオメガは、生涯の伴侶として、愛し合う運命じゃないのか？　ナナキには、とことん嫌われているんだけど。私になびく未来が、まったく見えないんだけど」

「ほんとの君を知ってもらえば、好きになってくれるよ。ぼくが保証する」

イルドは、彼に向かって手を差し伸べた。その手を、そっと、ルドヴィクスは取った。

「私は……——イルドを苦しませてばかりだ」

「そんなことはないよ。君がこれほど親身に世話をしてくれなかったら、ぼくはとうに死んでいたからね。がんばって、ルドヴィクス。ぼくも応援しているから」

「うん……」

■10　三日月の森　その二　ラティス

ブナの葉が散って、小屋の周囲に積もり始めた。コンコンと、ドングリが地面に落ちる音がする。風の冷たさに、ナナキは身をすくめる。

「うー、さっぶー」

ナナキがこの森に住むようになってから、一ヶ月がたった。秋は深まり、涼しさを通り越して朝晩は寒さを感じる。ナナキはルドヴィクスが自分を連れ戻しに来るのではないかと恐恐としていたが、まったくもって、そんなことはなかった。

「まあ、俺なんて、いなくてもいいってことなんだろうな」

ナナキはつぶやく。

「俺だって、ルドヴィクスのことなんて、なんとも思ってないから。あんな、探しにも来ないような薄情者！」

探しに来たら困るし、来なかったら腹が立つ。まったくもって、ルドヴィクスのことを考えると、ナナキの気持ちは未だに右往左往してしまう。これは、女神の祝福ならぬ呪いのせいかなんかなのか。

フジコがいてよかったと、ナナキは心から考える。彼女がいてくれるおかげで、にぎやかで、騒々しくて、気が紛れてくれる。

「もう、やめやめ。それより、冬越しをどうするか、考えよ！」

森の小屋は、老人が増築を繰り返していたらしく、ログハウスといってもいいくらいの、かなり立派なものだった。薪の小屋、肉の貯蔵庫、薬草庫、書庫などがある。風呂もついていて、ちゃんと川から水を引いている。川縁には、解体用の狩猟小屋もあった。

「これで、大容量の魔力供給栓があれば、言うことないんだけど」

この小屋にあるのは、地面に挿して使用する簡易タイプの、ごく少量の魔力を供給してくれる魔力供給栓だけだ。これでは、灯りや動力、ちょっとした湯沸かしなどにしか使えない。料理や暖房、風呂を沸かしたりは薪を使用することになる。

「魔道具自体も、値が張るけど。大容量の魔力供給栓があれば、風呂にも入れるし、室内も暖められるのにな」

供給栓の設置は職人にやってもらわねばならず、ナナキが欲しい量の魔力を得るためには、それこそ家が買えるような大金が必要だということだった。

「まあ、贅沢を言うのはやめよう」

扉前を掃除しながらそうつぶやいたとき、「おーい」とサンチョの声がした。街道からここまでの道は、ほとんど獣道に近い。そこをサンチョがロバにまたがり、やってきていた。

サンチョは、ロバの上から手を振っている。

「サンチョ！」

「うわー、このへんもだいぶ葉っぱが落ちたねえ」

そう言って、サンチョは周囲を見回す。落葉すると明るくなる。冬に近づいていく柔らかく弱々しい日差しが、慈悲のように、ナナキたちの小屋の周囲を取り巻いている。ロバから降りながら、サンチョは言った。

「ナナキの作る薬が好評なんで、うちはすごく助かってるよ。こんなに早く王都に行って店を持てるなんて、思っていなかったもん」

「とんでもない。サンチョのおかげで、俺がどれだけ助かってるか」

サンチョが小型の魔道具を差し入れてくれたので、ナナキの薬を作る効率は格段にアップしたのだ。

「ねえ、ナナキ。前にも言ったけど、そろそろ王都に引っ越しを考えてもいいんじゃないかな。王都だったら、もっと大きな魔道具を使えるから、薬を作るのも楽になるし、なによりここより暖かいよ」

それを言われると、ナナキの気持ちは揺らぐ。

「ここで冬を越すのは、むり……だよな」

だからと言って、王都には帰りたくない。ルドヴィクスが近くにいると思えば、また腹の立つことも増えるだろう。

「そうだね。あと二ヶ月もしたら、初雪が降って……それからは、たぶん、ぼくもここまではたどり着けないと思うんだよね」

前の世界では一人で生きてきたつもりだったのに、そんなことは全くなくて、自分は文明の中、誰かがしてくれたことの上にあぐらを掻いて、生き延びていたんだなと、ナナキはつくづくと思い知った。

できたら本格的な冬になる前に、フジコを南にいる家族のところまで連れて行ければいいんだが。それには、まだナナキはあまりにも、この世界のことを知らない。

「あれ、そういえば、フジコちゃんは？」

サンチョが、周囲を見回す。

「ああ、あいつは、そこらで遊んでいるんだろう」

足のケガがよくなってきので、嬉しくてたまらないらしく、飛び回っている。

「外で？　あんなちっちゃい子が、危なくないの？　心配じゃない？」

「そのうち帰ってくるよ」

「そっか。だったら、いいんだけど」

そういえば、と、サンチョが言った。

「うちの店にラティス様が来てくれたんだよ」

はてと首をかしげるナナキに、サンチョは説明してくれた。

「ラティス、様……？」

「ラティス様は、王命の『銀狼騎士団』の団長だよ。三年前に西の国境からランバルドが攻めてきた『西門の戦い』のときに、食い止めてくれたのがラティス様だ。青いマントに銀の狼の意匠、それから、王家に伝わる剣を携えて、みなを鼓舞して戦いを勝利に導いてくれた英雄だよ」

「貴族とか王族なのか？」

「それがさ、仮面をつけていて、ラティス様の正体は誰もわからないんだよ。地方貴族の腕の立つ二男、三男じゃないかって噂だけど」

国の危機に立ち上がる騎士。

出来過ぎな気がしたが、しかし、サンチョがいるこの国であれば、そういう人だっているんじゃないか。そんな気がした。どんな人なんだろう。なにを思ってそれまで雌伏していて、そのときになったら、駆けつけたんだろう。聞いてみたい気もする。

「ほら。公王様はちょっと、頼りないじゃん」

ルドヴィクスはやはり、そういう目で見られているんだな。あまり、人望がなさそうだ。だが、サンチョの口からそう言われると、もやっとしてしまう。我ながら、ルドヴィクスへの気持ちは一貫性がない。

「うん、まあ、そうだよな」

「でも、ラティス様は違うんだよ。よくローゼリムを見て回ってくれるんだ。うちにも来てくれたんだよ」

王命の騎士が店に来たというところに、不安を感じないでもないナナキであったが、まさかここまでは来るまいと考えを改めた。


すぐ近くに彼、ラティスがいる。それどころか、ひたとこちらを見据えていることなど、気がつくことなく。


サンチョは立ち上がった。

「じゃあ、もう行くね」

「うん」

サンチョはソーセージやハム、調味料やバターを持ってきてくれていた。それをおろして、帰りにはナナキの作った薬を袋に詰めて帰る。荷物が軽くなったので、ロバは嬉しそうだった。

「それじゃあね。また来るから」

「うん、いつもありがとう」

サンチョを見送ったあと、ナナキは森に向かって呼びかける。

「フジコ！」

「あい」と返事がして、がさがさと森の中から、フジコが出てくる。髪には葉っぱがたくさんついていた。

「また、茂みの中に入ったのか？」

彼女はうなずく。

「もりに、いた」

「人間の身体のときは、狼と違って傷つきやすいんだから、気をつけるんだよ」

「あい」

フジコは森でもまったくひるむ様子はなかった。むしろ、絶好調だ。

――最初にウサギを持ち帰られたときには、腰が抜けるほど驚いたな。

ある程度の料理ができてよかった。ウサギを捌くのに最初は抵抗があったのだが、今は慣れた。なにせ、貴重な肉だ。さらに、この森のウサギは木の実や新鮮な草を常食としているせいか、とてもおいしいのだ。

バターで炒めて、香草を入れて作ったシチュウなど、とろけるうまさだ。

――ごめんなさい、ウサギさん。無駄なく、おいしくいただきますから。

ウサギは繁殖力が旺盛で、どんどん増えると聞いた。どうか、いい感じに増えてくれますように。

ナナキは、目の前のフジコの頭から、葉っぱをつまんで捨てる。

「よし、きれいきれいにしような」

ナナキは、風呂場に行くと、フジコの服を脱がせて、シャワーを浴びさせた。

「うぷぷぷぷ」

フジコは意味不明な言葉を口にして、笑っている。彼女に服を着させ、ナナキは本を開いて、薬草の勉強をする。そうしていると、フジコが「よいしょ、よいしょ」と膝によじのぼってきた。本に興味があるらしい。

破いたりはしないので、そのままにさせていると、目の前で黒い髪が揺れた。

「こえ」

「ああ、これは、春にはこのあたりにも生えるんだそうだ。十文字草っていうんだって」

「こえ」

「これは、ニカラ草だね。唐辛子といっしょに漬け物にするとおいしいそうだよ」

「こえ」

昔あったことは、今もナナキの傷となっている。けれど、胸のうちに渦巻いていたやるせなさは、次第に薄らいでいる。そんな気がする。

「これは、苦い茸だよ。干して煎じると咳にきくらしい。見つけたら、教えてね」

「あい」

フジコは手を挙げて、いい返事をしてくれたが、ぱっと外を見て「あえ」と指をさす。ナナキはそちらを見るが、なにもない。たまにこういうことがある。フジコは、猫みたいになにもないところを見たり、指さしたりする。少し、怖い。

——この世界にも幽霊とかお化けっているのかな。

だが、幽霊よりもお化けよりも怖いのは、生活破綻だ。

金を稼ごう。ここにいるにせよ、ほかの町で暮らすにせよ、金が必要だ。二人して冬を生き抜くのだ。

今日はカラマリ草を摘んでおきたい。あれは、精力剤になるのだ。この手の薬が珍重されるのは、前の世界もこの世界も同じだろう。

幸い、カラマリ草の群生を見つけてある。

その日の午後、ナナキは腰を屈めてカラマリ草を摘み続けた。彼は知らず、どんどん国の東端に近づいていく。

腰がつらくなったので、ナナキは立ち上がる。鼻息がした。振り返ると、そこにはイノシシがいた。あ、と思う間もなく、イノシシが突進してくる。イノシシの鼻先に当たってぽんと飛ばされた先は崖だった。

足を踏み外し、ナナキは落ちていく。

そのときに、頭に浮かんだのはどうしてだろう、ルドヴィクスの顔だった。ルドヴィクスにもう一度会いたいと思った。だが次には、一度として探しにもこない、薄情さに腹を立てた。いやいや、王宮を飛び出したのは自分だ。そう考え直した直後に、心配もしてくれない事実に打ちのめされる。

そんなぐるぐるした忙しい走馬灯を脳裏に巡らせていたナナキの耳に、自分の名前を呼ぶ声がした。同時に手をつかまれる。

——ルドヴィクス？

どうしてか、そう思ってしまったのだが、男の手はごつくたくましい。遊んでいる手ではなかった。ナナキはその手に縋りついた。

「だれ？」

見上げると、仮面をつけた茶色の髪の騎士だった。

ナナキの胸の鼓動が激しくなった。

ナナキとルドヴィクスは、恋に落ちるように女神デアに定められている、運命のつがいである。ラティスは仮面をつけているため、認識を阻害される。けれど、その端々から出る「ルドヴィクス成分」は、ナナキをほのかにときめかせるには充分だったのであった。

時間は少々さかのぼる。

ラティスこと仮面をつけたルドヴィクスは、草を摘みに出てきたナナキを、今日も見張っていた。ラティスが日本にいたなら、ストーカーという言葉を投げつけられた可能性が高い。

暇じゃない自分なのに、気になって気になってしかたないのだ。

ラティスの見張りの感想のおおかたは「なんで」と「なにやってんだ」であった。

その幼女は一体何者なんだ。

なんで、そんなに楽しそうなんだ。

水だって冷たいだろうし、食べるものは粗末だし、着ているものも庶民のものだし、それなのに自分の前では、一度として見せなかった顔をしている。自分なんて「話しかけないでほしいんですけど」という、鋭い視線しか、受けたことがないんだが。

私のほうが、たくさんおいしいものをあげていたはずだし、着るものにも不自由させなかった。それなのに。こんなに優しい顔をしていたことがあったか？

ラティスはもやもやしながらも、ナナキから目が離せない。

幼女といるナナキは、蕩けそうな顔をしている。本を読み聞かせているらしい。

ふっと、娘がこちらを見た。いや、わかるはずがない。認識阻害のフードをつけている。気配は消せているはずだ。人間に感知できるはずがない。

だが、彼女はまっすぐにこちらを指さし、ナナキになにごとか言っている。

ラティスは慌てて、その場を離れた。それからも、こっそり小屋を見守っていると、ナナキが表に姿を現した。背には、採取用の籠をせおっている。飛び出してきた娘が、ちょこちょこと歩いている。そして彼女は、まっすぐにこちらに来た。

——嘘だろう。

木の陰にいたラティスのところまで来ると、座り込んでじーっとこちらを見た。

くんくんと鼻をうごめかして、彼女は言った。

「いい、におい」

そこでようやくラティスは、どうして自分が彼女に見つかったのかを悟った。この子は人間ではない。狼だ。狼娘なのだ。だから、認識阻害の効果がない。そして、自分には、彼女と同族であるイルドの匂いがついている。それを、嗅ぎ取ったのだ。

「あ、あの」

なにを言えばいいのだ。ナナキには内緒にしてくれ。見なかったことにしてくれ。見逃してくれ。どれも、この狼娘に通じるとは思わない。理解できないだろう。

二人、もとい、一人と一匹は、そうして、長いこと見つめ合っていた。そのせいで、ナナキの見張りがおろそかになった。

「ナナキ、ナナキはどこまで行ったんだ？」

この森の東は国の端で、断崖絶壁となっている。そんなことは、この国では、小さな子どもでも知っている。だが、ナナキはこの国の人間ではない。

彼は、ずいぶんと端まで行っている。一息つこうというのだろう。ナナキは立ち上がった。

そこには先客がいた。イノシシだ。野生の芋でも掘っていたのだろう。自分の目の前で立ち上がったナナキを見て、イノシシは本能のままに突進していった。イノシシがメスだったのは幸いだった。牙で串刺しにされる惨劇は免れたからだ。しかし、その鼻先に突き倒されて、ナナキの身体は笑えるほどにあっけなく、空中に放り出された。

「ナナキ！」

「にーたん！」

ラティスは、飛び出した。認識阻害のフードが外れる。

ここで、自分が出て行ったらどうなるのか。彼を助けるために、国の端まで寄ることが、どのように危険か、公王という求心力を失ったこの国がどのようになるのか。己の身が、この国でなによりも大切なのを知っているのに。

けれど、このときラティスは、我を忘れた。ただひたすらに、身を投げ出して、ナナキの身体を抱き留めようとした。かろうじてナナキの手をつかめた。

しかし、彼の身体は地の端から滑り落ちていく。

「もう片方の手を……！」

ナナキはラティスの呼びかけに答えて、さらにもう一方の手を伸ばす。身を投げ出すようにして、ラティスはその手をつかんだ。

「え、なに、これ……」

ナナキが、足で必死に岸壁を探っている気配がする。

「そこは絶壁だ。引っ張り上げるから、足をかけて登るんだ」

「は、はい」

ナナキはもがいているのだが、足場が崩れやすいらしく、苦戦している。そうこうするうちに、ひと一人を支えている、ラティスの手がしびれてきた。

「だれか！　だれかいないか！」

声の届くところに配下の騎士はいない。まずい。このままでは、力つきてしまう。

「にーたん！」

狼娘が駆け寄ってくると、ラティスの手に手を重ねた。そのとたんに、ふっと、ラティスの手に力が戻り、ナナキの身体が軽く感じられた。ローザ公国では、狼は女神に愛されし魔力にあふれる獣だ。この狼娘にも、魔力があるのだろう。

「そっちの手もよこせ」

「はい」

ようやく、ナナキの身体をひきずりあげたラティスは、座り込んだまま、息を荒らげていた。ナナキもまた、へたり込んで肩を上下させている。

「び……っくりした……」

ラティスの感情が沸騰した。びっくりとか、そういうレベルの問題か？

「あんなに国の端に寄るなんて、どういうことなんだ。もう少しで取り返しのつかないことになるところだったんだぞ？」

「……すみません……」

「なんでこんな危ないことをしたんだ！」

「いい草があったんで……すみません……」

「草なんてどうでもいいから、もう二度としてくれるなよ！　いいか？」

しおらしくお小言を聞いていたナナキが、こちらを見た。彼は、なぜか、にやついていた。なんで。どうして、笑っているのだ……？

ラティスには理解できない。

「ありがとうございます。あなたがいらっしゃらなかったら、どうなっていたことか。これからは、気をつけます」

ナナキの素直な態度に、ラティスはそれ以上叱れなくなってしまう。娘もいっしょにぺこんと頭を下げている。この狼の小娘め。なかなか味なまねを。

「わかったなら、いい。失礼する」

「待ってください」

「なんだ？」

「あの。えーっと。そうだ。もしよかったら。食事をされていきませんか。お礼というほどのものでもないんですけど。ちょうど、ウサギのシチュウを作ったので」

ラティスはためらう。ラティスとしてナナキに会おうという気持ちはまったくなかったのだ。

「名乗るほどの者ではない」

「お願いです」

ナナキは両手を祈る形にして、必死に懇願してきた。彼の頬が赤い。ラティスはその押しに負けてしまった。

「それでは、ご相伴に与ろう」

渋々と返答した。

ことことと鍋が煮える音がする。

庶民では、台所を女主人がとりしきるのは知っていたが、こうして、個人宅で食事ができあがるのを待つのは、初めてのことだった。

小屋の中は思ったよりも広く、ナナキが整えたのか、薬草を細かくする魔道具や、天井の梁からつるされた草や花、効率よく並べられた乾燥茸などがある。

「待っててくださいね。すぐにできますから」

「不用心ではないのか。幼子とそなただけのところに、見ず知らずの男を招き入れるなど」

自分で応じておきながら、そのようなことを言い出す狭量さに嫌気がさした。これではまるで、嫉妬深い亭主ではないか。

「悪い人は他人をあんなふうに助けないと思います。それに、手が、いい人の手でした」

「手？」

「はい。俺、前の職場でたくさんの人の手を見てきました。ていねいに手入れされているけれど、よく働いている人の手です」

しまったなとラティスは反省する。手の手入れにはことさら気をつけているが、最近はナナキにかまけて怠っていた。

「あなたはラティス様ですよね。サンチョ――その、お世話になっているひとから噂を聞きました」

「もしや、最近ローゼリムで薬屋を始めた若夫婦か」

やがて、家の中にシチュウの香りが漂いだした。

「すみません。ラティス様、そこの棚から、三人分の深皿と、パンをのせる平皿を出してください。あと、スプーン。大きいのふたつと小さい木のをひとつ」

「これか？」

ナナキから頼まれると、この家の一部になった気がする。悪くない気分だ。

ウサギのシチュウと、パンとチーズが、食卓に並んだ。ナナキは、狼娘の隣について、し拭いてやっている。


きりと世話を焼いている。シチュウをさましてやり、パンを浸して柔らかくしてやり、口を拭いてやっている。

狼娘はそれがさも当然というように、口を突き出し、おとなしく拭かれている。彼女を見ているナナキは目を細めていて、手つきはとてもていねいだ。子どもの世話に慣れている。

もしかして、前の世界では、年の離れた妹か弟がいたのかもしれない。いや、子どもがいたという可能性さえある。

――あんたは、俺がどんな人間かなんて、まったく興味がないんだな。

あのときのナナキの言葉には、おおいに反感を抱いたものだった。そんなことはないと思った。けれど、今ならわかる。その通りだった。彼のことを、ただこの国を救うためのピースとしてしか見ていなかった。

パンは雑穀が多く、堅かった。ラティスもパンをシチュウに浸した。王宮では、もっと柔らかいパンを出していただろうに。そう思いつつ、パンを口に入れたラティスは驚いた。

「これは……ふつうのシチュウではないな。いい香りがする」

ナナキは嬉しそうに笑った。

「そうでしょう？　この近くにチギリグサっていうのが生えてるんです。これとウサギがすごく合うんです。それに、消化に良くて、胸のあたりをすっきりさせてくれます。風邪の引きはじめにもいいし、いわば万能薬なんですよ。薬膳みたいなものですね」

「ヤクゼン……」

聞き慣れない言葉だった。

「ラティス様は貴族でいらっしゃるから、俺の料理なんて、粗末すぎるかもしれないですけど」

「いや、うまいぞ」

素直にそう言うと、ナナキの顔がぱーっとほころぶ。やったね、というように、娘と顔を見合わせ、手をたたいて喜んでいる。

ほんとうだ。どうしてこんなにおいしいと感じるのだろう。

ああ、そういえば……――

「私も……幼いときには、父母とともに食事をしていた。庶民のように小さなテーブルで。そして、母にそうやって、口を拭かれた。そうされるのが嬉しくて、わざと口元を汚したものだった」

自分がそんなことを覚えていたことに、ラティスは驚く。

「今は、お父上とお母上は？」

「父は、幼いときに亡くなった。母は、父を弔うために尼僧院に入ってそれっきりだ」

こんなことを打ちあけているなんて、おかしな気分だ。

「そうですか。すみません。おつらいことを思い出させてしまって」

「そなたが謝ることではない。懐かしい記憶を思い出させてくれて、感謝したいくらいだ」

娘は、口を開かなくなった。

「フジコ、もうごちそうさまか？」

「ん」

「フジコ、というのか？　変わった名前だな」

「俺のいたところでは、最高にかっこいい女性の名前なんです」

「そうか」

元の世界で、最高の名前をつけてやったのか。

「いい名前だ」

そう言うと、ナナキは照れたように頬を染めた。

「ありがとうございます」

ラティスの胸の中できゅうとなにかが音を立てた。それから、急激にそれは膨らみ、身体全体に広がった。どくっ、どくっ、と、身体中に血が流れている。

それは、自分でもビックリするほどの、反応だった。

ラティスとナナキがたわいない話をしているうちに、フジコはむにゅむにゅ言いながら、眠ってしまった。ナナキは彼女を寝床に連れて行く。ラティスはそこで、暇（いとま）を告げた。

「あの……。もしかして、ラティス様は、王宮から俺を探すように言われて来た、とかじゃないですか？」

ひやりとした。

「なぜ、そう思う？」

「だって、俺の名前、知ってたし」

——イルド、どうしたらいいんだ。

ラティスはいつもそうしているように、自分の義兄弟であるイルドに向かって問いかけた。

だが、こんなところまでは、彼の声は聞こえない。

ラティスはなんとかごまかそうと考えた。

ここには辺境の警備に来たのだとか、名前を呼んだのは気のせいだとか、言えばいい。だが、どうしたことだろう。ナナキの黒い目を真正面から見たときに、嘘の言葉が口から出てこなくなってしまった。ラティスは正直に答えた。

「ああ、その通りだ。私はそなたを探しに来た」

「やっぱり」

そう言ったナナキは、一瞬、嬉しそうな顔になったが、次には不機嫌をあらわにした。ラティスは面食らう。

「お願いです。王宮に俺を、連れ戻さないでください。ここにいることを、黙っていてほしいんです」

そうは言っても、こうして目の前にいる自分こそがルドヴィクスであり、自分はナナキがここにいることをすでに知っている。そして、どう考えても、ナナキは王宮に保護されるべきだ。ここでは、警護に穴がありすぎるし、この小屋の設備で冬越えは厳しい。

ラティスは押し黙った。ナナキはしょんぼりと肩を落とした。

「だめですか……？」

だめに決まっている。ナナキはオメガ候補だ。王宮に帰ってきてもらって、ルドヴィクス、公王としての自分を愛してもらわなくては困る。なのに、そう言い出せない。

なんだ。これは、なんという気持ちなのだ。この男が、悲しげなのが、耐えきれない。おまえのためなら、何でもしてやりたくなる。

「わかった」

そう言ってしまってから、ラティスは己に驚嘆する。「わかった」ってなんだ、わかったって。なにがわかったんだ。

「ただ、報告しないわけにはいかない。それは、陛下に背くことだから。だが、ルドヴィクス公王陛下がおまえを王宮に連れ戻そうとしたとしても、おまえの意に沿わないことは、俺が阻止しよう」

なに言ってんだ、自分ー！　ラティスは己につっこみを入れる。

しかし、そのつっこみは、ナナキが見せた笑みの前に霧散してしまった。ナナキは実に嬉しそうだ。自分への、全幅の信頼に満ちたその顔。それを見てしまった後では、撤回など、できるわけがない。

「ありがとうございます。ラティス様。それで……、もうひとつ、お願いがあるんです」

今度はなんだ、聞くのが怖い。

「言ってみてくれ」

「あの、じつは、フジコは、狼なんです」

「そうか」

「信じてくれるんですか？」

「先ほど、おまえを助けることができたのは、あの娘が力を貸してくれたおかげだ。狼は、女神の加護ある動物だ。魔力を注いでくれた」

ナナキは、「こんな戯言(ざれごと)じみた発言を、ちゃんと信じてくれるなんて、いい人だな」という目でこちらを見ている。

「俺は、狼たちから、この子を預かったんです。フジコのケガが治ったら、群れに戻してあげたい。そのときには、協力してほしいんです」

「わかった。約束する」

「ありがとうございます」

そう言って頭を下げるナナキの肩が、この季節には軽装に思えた。この男が、今夜の寒さに震えるのに、ラティスは耐えらない。ラティスは青いマントを取ると、ナナキの肩にかけた。

「え？」

彼が驚いている。それよりも驚いたのは、自分自身に対してだった。彼を、自分の脱いだものでくるみたいと願ってしまった。よりしっかりと前を合わせてやると、誇らしい気持ちになる。なんなのだ、これは。

「夜になれば冷えるだろう。それをまとうといい。それに、この王命騎士団のマントを見せれば、そなたに無体をする人間はこの国にはいない」

「あ、ありがとうございます、あの」

ナナキは言った。ほんの少し、頬が赤い。

「また、来てくださいますか」

「それは……」

だめに決まってるだろう。ラティスという、仮の姿の騎士と親交を深めさせて、どうする。

それなのに、ナナキの懇願は、どんな美女の誘いよりも濃密にラティスを誘惑した。

――ここで、うまいこと、ルドヴィクスに対する心証をよくすれば、ことがスムーズに運ぶかもしれない。

そのような計算が働いたのも、事実であった。

ラティスがうなずくと、ナナキははじけるような笑顔を向けてくれた。

その夜は、ラティスが言ったように、とても寒くなったので、ナナキとフジコは、ラティスからもらったマントにくるまって寝ることにした。

「ラティス様って、いいひとだねえ」

フジコがしきりとマントの匂いを嗅いでいる。そして、彼女は言った。

「このマント、いいにおい」

「え、どれどれ」

そう言われたので、ナナキはマントの匂いをくんくんと嗅いでみた。なるほど、薔薇みたいな香りがする。この匂いは王宮で嗅いだ気がする。ルドヴィクスの顔が浮かんだ。あいつもこんな匂いだった。まあ、王宮にいれば、こういう匂いがつくのだろう。

それに、ほら、全然違う。

ラティスの匂いだと思うと、安心できる。それと同時に、胸の中に灯りがともったようになる。

このときの、ナナキの心の中は、こうなっていた。ルドヴィクスへの好意は強いが、嫌悪も働く。ラティスへの気持ちは、ほのかだがマイナス要素がない。なので、今のところ、ラティスのほうに分（ぶ）があった。それに、ルドヴィクスへの問答無用な恋心の強制力に疲れていたナナキにとって、ラティスへの思慕は、癒やしだった。同時に、ルドヴィクス以外の人に心が動くってことは、運命から逃れられるってことなんじゃないかという期待にも繋がっていた。

必死に自分を引っ張り上げてくれて、真剣に怒ってくれた人。ラティス。

「身体の芯まで、あったかくなる。なんだろ、これ……」

そう言いながら、ナナキは眠りについた。

■11　夢　その一

「ようやく会えた」

低くささやかれる。その声は耳元でした。声には、情欲と深い愛が同時ににじんでいる。ナナキが欲しくてたまらないのに、傷つけることをおそれている。二律背反がそこにはある。

ナナキは強く抱きしめられている。薔薇の香りがする。

これは、あのマントから漂ってきた香りだ。

「俺もだよ」

そう言って、ナナキはその背中を抱き返す。

「ずっとずっと、会いたいと思っていた。こうしたかったよ」

そう言いながら、彼の背中に指をはわせる。手のひらで背骨のくぼみ、肩胛骨(けんこうこつ)、首筋を、確かめるように撫でる。

「ああ……」

相手からは、官能的なため息が漏れる。

もっとよく、顔が見たい。そう思って少しだけ身体を離した。

そこで、夢は終わった。

がばりと身を起こして、ナナキは今の夢を反芻する。フジコはまだ隣ですーすー眠っている。

いや、なんて夢なんだよ。自分で自分にびっくりだよ。こう、あれって、なんか、恋人たちの初夜みたいな。ほんとに恋している相手とこれから過ごすのを楽しみにしているみたい。

顔がよく見えなかったけど、あれは、ラティス様だよな。ラティス様なんだよな。

ナナキは煩悶する。相手は男のひとだぞ。そんなばかな。

ううう。でも、いやじゃなかった自分がいたりする。

あんな夢を見たのはどうしてだろう。このマントのせいかな。

マントは鮮やかな青で、魔力が宿っているのか、かけると存外に暖かい。背中の真ん中には、この国にふさわしく、銀の毛並みをした狼の顔がデザインされている。

そのマントを手でなぞる。

このマントを、あの人はずっとつけていたのだ。そう思うと、なんだか甘酸っぱい歓喜のようなものが、ナナキには満ちるのだった。

■12　三日月の森　その三

サンチョが次に森の小屋を訪れたのは、ラティスとの出会いから数日経った日だった。ナナキは、毎日かけて寝ていたマントを干場にかけていた。

「どうしたの、それ」

サンチョは驚いたらしく、ロバを引いたまま、その場に立ちすくんでいる。

「ああ、いらっしゃい。サンチョ。これは、このまえもらったんだ。ラティス様に」

「え、え、えええええ――――？」

サンチョが大げさに驚いているので、ナナキは心配になった。もしかして、マントは高級品で、そんなものを勝手に人にあげたら、ラティスが叱られるのではないかと危惧したのだ。

「やっぱり、ちゃんと返したほうがいいのかな」

「あ、ナナキは知らないのか」

サンチョはそう言って、ロバをいつものように、小屋の前に繋いだ。

「マントを捧げるっていうのは、求愛の印なんだよ。受け取ったほうは、了解だったら、それを身にまとう」

「え、あ、はい？　求愛？」

ナナキは戸惑う。同時に、いつか見た夢のことが、めちゃくちゃ明晰によみがえってきて、自分でも顔がかあっと赤くなっていくのを感じた。

「やだな、サンチョ。そういうんじゃないよ。あの夜は寒かったからじゃないかな」

だいたい、あのとき、ラティスは自分にマントをかけてきた。求愛だったら、手渡すはずだろう。

「まあ、あれだよね。マントってその人の体臭が染みているわけじゃない。愛情がなかったら、身につけるのなんて、とてもできないとは思うけど」

サンチョにそう言われてしまって、ナナキはあせる。

自分はマントにくるまれたときに、とても嬉しかったんですけど。なんだったら、その夜から、マントをかけて眠っているんですけど。さらに言えば、今日、こうして干しながら彼の匂いが消えてしまうような気がして、寂しいなとさえ、思ったんですけど。

だけど、ラティスは王命騎士団の団長だ。名前まで知っていたのだから、自分がルドヴィクスのつがいになる人間だって知っているだろう。そんな彼が、主君のものである自分を好きになるわけがない。もし……——もし、そういう気持ちがあったとしても、「うん」とは言ってくれないだろう。

そう考えると、今までくすぐったいような、甘い思いに満たされていた心の中が、急に冴え冴えと冷たくなってしまう。

「違うよ」

もう一度、ナナキは言った。

「それは、違うんだ」

最近では、ルドヴィクスのことを思い出すことはあまりなくなっていたのだが、このときにはまた脳裏に浮かんだ。そして、苦々しい気持ちになるナナキだった。

結局、自分は運命とやらにいつまでも繋がれたままなのだろうか。

好きな人さえ、自分では選べないなんて、不条理だ。

■13　三日月の森　その四　ラティス、再訪

ルドヴィクスはしばし、迷っていた。

理性では、三日月の森に行くべきではないとわかっていた。これ以上、ラティスとしてナナキに会えば、いっそう複雑な状況になるだろう。

わかっているのに、気がつけば、ナナキが欲しがっていそうな書物を注文し、うまい菓子があると聞けば求め、小屋は寒かろうと上にかける毛織物を入手した。

そのようにして、土産物がすっかりと揃ってしまった。そうなると、もう行くしかない。

違う。部下に言付けるという方法もあった。だが、どうしても、自分で届けたかった。それだけだ。

ラティスが再訪した日、ナナキは森の中で薬草を採っていた。フジコがナナキの近くにいて、ラティスに気がついて、手を振った。

「マントのひと！」

フジコはこちらを指さしている。ナナキが立ち上がってラティスを迎える。

「いらっしゃってくださったんですね」

ラティスは、柔らかいまなざしで自分を出迎えるナナキの様子に愕然（がくぜん）としていた。

この男は、こんなふうに人を見ることができたのか。ルドヴィクスが知っているナナキの視線は気を抜けば牙を立ててきそうな鋭さを持っていたのに。

「ああ、よかった」

そう、彼は言った。「よかった」とは、なんに対してなのだろう。

「ずっと心配していたんです。あなたが俺にマントをくれたので、公王陛下に怒られたのではないかと。新しいマントをいただけたのですね」

ラティスは笑ってしまった。馬を降りながら、ラティスは言った。

「そのようなこと、あるはずがない。あのマントは役に立っているか？」

「夜、寝るときにかけてます」

「マントも嬉しく思っているだろう」

それは、本心だった。かつて、窓から見るだけだった、二人の世界。そこに、自分のマントが加わっているのだ。

「そなたに、土産があるのだが」

「じゃあ、家の中に行きましょうか。フジコ」

家の中に入ると、ナナキは紅茶を入れ始めた。

「これは。いい香りだ」

「王都で流行っているお茶に、スパイスを加えたんです」

「それでは、私の土産を出そう。きっと、この茶に合うと思う」

そう言って、ラティスは刺繍入りの布にくるまれたケーキをテーブル上に置いた。王宮の菓子職人の作るケーキも絶品ではあったが、自分がルドヴィクスであることがナナキにバレてしまう可能性がある。なので、わざわざ王都ローゼリムに自ら買い出しに行ったのだ。

木の実や干した果物をふんだんに使い、濃厚なバターがたっぷり入ったケーキは、日持ちがすることもあって、王都土産にたいへん喜ばれているという話だった。

「一番人気は洋酒を使ったものなのだが」

「ああ、それだとフジコが食べられないですね」

フジコは、ひどく哀れな顔をした。

「大丈夫だ。これは二番人気のケーキだ。洋酒は使っていない。子どもでも食べられる」

「だって。よかったね、フジコ」

フジコはにこにこと笑っている。

日が高いせいか。ここに馴染(なじ)んだせいか。それとも、二人が自分を出迎えてくれたせいか。

前より、居心地がよく感じる。明るくて、いい匂いがしていて、あたたかい。

「じゃあ、いただきます」

「まーす」

ナナキは、フジコが口をケガしないように、木のフォークを使わせている。ナナキも一口、ケーキを口に含んだ。

室内にいきなり、沈黙が下りた。

ラティスは戸惑った。リリサから王都で評判の店を教えてもらい、店先で味見させてもらって「これなら」と思ったのだが、ナナキはなんといっても異世界人だし、フジコは狼だ。自分とは違う味覚を持っているのかもしれない。

やがて、ナナキとフジコの身体が震えだした。

いったい、なにごとなのかとラティスはおののく。一応、自分の部下にも毒見はさせているので、何か悪いものが入っている可能性はないと思うのだが。

「どうした？　気分でも悪いのか？」

いざとなったら、人を呼んで二人を王都に運ばねばとまで考えていたのだが、二人は同時に叫んだ。

「「おいしーい！」」

二人は顔を見合わせると、言った。

「こんなおいしいの、初めて食べたね。ね、フジコ！」

「ね！」

こんなに喜んでもらえるとは思わなかった。ほっとするやら、微笑ましいやらで、ラティスの感情は大忙しになっている。

「それは……よかった」

二人は皿の上のケーキを食べ終わり、大切そうに残りのケーキを棚にしまった。きっとあとで少しずつ食べるんだろうと思うと、ラティスは、自分がいないときもここに気配を残した気がして、何やら愉快な心地になるのだった。

ラティスは次に、毛織物を渡した。

「わー、ふかふかだ。最近、寒くなってきたんで、助かります」

「ナナキ殿。ほんとうに、王宮に帰る気はないのか。この森はローザ公国でも冬が厳しい。ナナキ殿にはつらいだろう」

ナナキの表情がすっと消えた。

「それ、ルドヴィクスに言われたんですか？」

「私が命じられているのは、あなたたちの身の安全を守ることだけだ。無理に帰そうとは思わない。それは、公王陛下も同じお気持ちだ。そなたのことを、それは心配していた」

ナナキはフッと、唇を歪めた。ラティスは震え上がる。

この氷のような声と表情には覚えがある。ルドヴィクスに、いつも向けられていたものだ。

久しぶりに食らうと、やはりダメージが大きい。

「俺自身のことを心配しているわけじゃない。国力を増し、他国を圧倒する道具としての俺への心配でしょう？」

「あなたが武器？　どこからそんなことを」

「離宮の中庭の東屋の裏、表宮からも人が近くまで来るんです。そこで、話していることを聞きました。ルドヴィクス陛下が狼つきだとか、武力で他国に攻め入るとか」

あそこか。あんなところで、こんなとんでもなく見当違いな情報を聞いたのか。

おそらく、ランバルドの使節だろう。中庭は表宮と離宮、両方から入ることができる。中庭を密談の場所としていたとは思わなかった。

いきなり逃げ出したのはそういった理由があったのか。

「ナナキ殿。ルドヴィクス公王陛下はそのような方ではない。それに、だいたい、女神の力は他国を侵略できるものではない。あくまでも、この国を守るための力です」

「俺には、そうは思えないですけど」

ナナキは納得してくれそうにない。

――どうしよう、イルド。このままでは、国が滅びそうなんだが。

ラティスは自らの初手を反省する。いったい、なにを間違ったのだ。

しょうがない。このまま、穏便に彼の冬越しを見守るか。どこかできっと、音を上げる。

そのときに、すかさず王宮暮らしを提案しよう。それからじっくり懐柔しよう。そう思ったのだが。

「今思えば、暗殺しに来たのは、対立する国の人だったんですね」

さらっとナナキは言った。

なんだと？　今、彼はなんと言った？

「暗殺？」

「あ、そうなんです」

ナナキから、子細を聞いたラティスはその場で気を失いそうになった。

「あなたは、よく、無事でしたね」

自分の声は震えていたと思う。もしかしたら、ナナキは四つ辻で冷たい骸（むくろ）になっていたかもしれないのだ。のんきすぎる！

「狼たちが、助けてくれたんです。もっとも、フジコを押しつけようとしただけかもしれないんですけど」

前言撤回だ。なんとしても、王宮とは言わない。せめて、王都に来てもらわないと、ナナキのことを守り切れない。しかし、無理強いすれば、なにをしでかすかわからない。どうすれば……——と、なにげにかたわらを見たラティスは、まだ渡していない土産があるのを思いだした。

「そうだ。ケーキと毛織物以外にも、持ってきたものがある」

そう言って、ラティスが出してきたものに、ナナキは釘（くぎ）付けになった。それは本だった。

一冊は薬草に関する専門書で、専門店に行かねば手に入らない、高価なものだ。その代わり、この国のあらゆる植物に関して詳しく載っている。

「うわー、うわー、こういうの、ほしかったんですよ。ありがとうございます！」

「ナナキ殿は、女神より薬草の知識のギフトがあると聞き及んだので。喜んでもらえて、よかった。もう一冊、あるのだが」

もう一冊は、最近、ローゼリムで流行している、子ども向けの本だ。魔法でしかけがしてあり、開くたびに城が現れたり、動物が横切ったりする。フジコは、そのたびに声をあげた。最後のページを開くと、城から花火があがった。

「ほえー」

と、フジコが声をあげた。

「にーたん、ぱんぱんて」

「そうだね。花火だね」

「はにゃび……」

ラティスは思いついた。これは、いい機会なのではないだろうか。

「ナナキ殿。もうすぐ、秋の収穫祭がローゼリムであるのをご存じでしょうか」

「そういえば、そんなことを、サンチョが言っていたような……」

「そこでは、花火が打ち上がります。実物が見られますよ」

王都に連れて行きさえすれば。そうしたら、なんとかなるのではないか。

「特等席を用意しましょう」

ナナキはうつむいた。

「何か、問題があるのか？」

彼が、こちらを見た。

「王都には、ルドヴィクスがいますよね。そのまま、王宮に連れ戻されるなんてことは、ないですよね。あなたを信じて、いいんですよね」

そう来たか。この男は、なんて鋭いのだろう。

「私が、ナナキ殿とフジコ殿に、祭りを見せたいのだ。願いを聞き届けてはくれまいか」

それは、真実でもあった。

ラティスは、ナナキの手を取った。ナナキが顔を赤らめたのを見て、ラティスの中ではじけるような喜びがあった。

——もしかして、ラティスの言うことなら、聞いてくれるのか？

「ぜひ」

ナナキは言った。

「ラティス様が……そう言うなら……」

ラティスはほっとした。

「それでは、祭りの日に、迎えに来ます」

「すごく、楽しみです」

ラティスは思わず、彼を抱きしめていた。

「よかった。私も、楽しみにしている」

「ひ、あひ……？」

ナナキが素っ頓狂な、いつもとはまったく違う声を出した。すぐに身を離した。

「また、祭りの日に」

そう、ラティスはナナキに約束した。

■14　イルドの部屋　その三

　ラティスは王宮の丘を馬で上っていった。ラティスの心を占めているのは、つい先ほどの、ナナキとの会話の数々であった。彼の表情、彼の言葉。彼がフジコに注いでいる視線、それらすべてが、ラティスの中にさざ波立てないではいられなかった。

「おいしいって、言ってくれた」

　あんなにも全身で、美味であることを伝えてくれた。

「マントを、かけて寝ているって」

　今もあのマントが彼の寝室にあり、今夜も彼を包むのだ。

「本をもらってうれしそうだった」

　これからも役に立ってくれることを祈る。

「仕掛け本も喜んでくれた」

　祭りに誘うきっかけになった。

「よかった」

　ただ、ただ、嬉しい。

ナナキの身柄を保護したい。そのために祭りに誘った。

しかし、ナナキと祭りに行けるのを楽しみにしている。そんな自分もまた、いるのだ。

――だが、自分はラティスだ。ナナキがあのように顔を赤らめているのは、ラティス相手なのだ。

これは、なかなか複雑な心境だ。


ベッドに起き上がったイルドは、辛辣（しんらつ）に言った。

「きみ、馬鹿なの？　ラティスが出しゃばって、どうするの？」

イルドは出会ったときには、ルドヴィクスよりもずいぶん年下に思えたのに、今では、ルドヴィクスのよき相談相手であり、ときにはこのように、ずいぶんと年上めいた態度を取ることもあった。たいていのときには、また兄貴ぶってと思っていたルドヴィクスなのであったが、今このときばかりは、なにも反論できなかった。

「はい……」

「いいかい。偽りの上には愛の花は咲かないんだよ。彼が、自分がだまされていたと知ったら、どんなに失望することか。もう、ラティスとして彼に会うのはやめるんだ」

そのようなことを言われても、困る。

「だが、ナナキはラティスの言うことなら聞いてくれるんだ。今、この関係を手放したら、あるだろう」

「きみは、彼をなんだと思っているんだ。つがいだと思っているのなら、もっとやりようがあるだろう」

「せめて、収穫祭まで待ってくれ。ラティスとして、彼らを収穫祭に誘ったんだ。そこで、王都に住むよう、説得する。そうしたら、もう会わないから」

イルドは念を押した。

「収穫祭までだ。必ずだぞ。約束したからな」

「わかった。わかっている。もちろん、そうする」

そのときには確かに、自分はそうするつもりだったのだ。間違いない。ほんとに、そうするつもりだったのだ。

■15　三日月の森　その五　祭りの前

　祭りの日が近くなってきた。

　ラティスと会えるのは嬉しいし、祭りも楽しみだ。だが、王都に行くのを考えると、気持ちが落ち着かなくなる。なぜなら、あそこには、ルドヴィクスがいるから。

　ルドヴィクス。この国の公王陛下。

　女神に定められた、自分の運命の相手。

　この三日月の森にいれば、彼は遠く、心を掻き乱されることもない。だが、王都に行ったら？　ルドヴィクスに会ったら？

　どうなるのか、ナナキにはわからない。

　サンチョが森に来て、祭りの話になった。

「俺も行くんだ。向こうで会えるといいな」

「ナナキ。もしかして、ラティス様に誘われたとか……？」

「うん……」

「ほわあああっ！」

サンチョは、奇妙な声をあげた。

「ほんとに？　ねえ、ほんとに？」

「なんで、そんなに驚くの？」

「だって、ナナキ。子どもじゃない限り、収穫祭って恋人とか夫婦で行くものなんだよ。マントのこともあるし、もしかして、ラティス様はナナキのことを……」

そうだったら、嬉しい。だけど、そんなわけ、ない。

「違うよ」

ラティスが王命の騎士であり、自分はルドヴィクスのつがいとやらだ。ラティスは自分のことを公王が探している重要人物としか思っていないだろう。

だけど、彼の言動にそこはかとない自分への想いを探してしまうのは、そこに恋情があるのではないかと疑ってしまうのは、自分の思い違いに過ぎないのだろうか。

「……と、思う」

ひどく力なく、ナナキは言った。

ああ、せめて。少しはいっしょにいると楽しいとか、離れていても気になるとか、そういう気持ちがラティスにあるといいのにな。

「あ、あ。そう？」

「うん。そうだよ」

ラティスをここに差し向けたのがルドヴィクスなら、障壁になっているのもまた、ルドヴィクスだ。

この前、ラティスにつかのま、抱きしめられた体温を思い出し、うっとりしてしまう自分がいる。けれど、ルドヴィクスがいる限り、自分たちはどうあっても結ばれない。ルドヴィクスに人生を揺さぶられている。

■16　祭りの当日

女神デアは、天候も操ってくれるのだろうか。祭りの日は、穏やかな晴天で暖かく、絶好のお祭り日和だった。

フジコは「おまつりね。きょうは、おまつり」と、意味がわかっているのかどうか、朝からはしゃいでいる。

ナナキがこの日を楽しみにしていたのは事実だ。けれど、同じくらい、不安が胸をよぎる。王都に行くということは、ルドヴィクスのお膝元に行くということ。嫌いなのに気にかかる、常に自分の重しになっている男に近づくということだ。

「あーもー、行くの、やだなー」

「にーたんも、いくの！」

フジコに宣言されて、ナナキは渋々仕度をした。ラティスが姿を現したのは、昼近くだった。

街道までの道が狭いので、小さな馬車が用意されていた。バイクのサイドカーを馬の後ろにつけたみたいだと、ナナキは思った。

街道に出る前に、一度馬を止め、ラティスがナナキに訊ねてきた。

「ナナキ殿。そなたに認識阻害の布を巻いてもよろしいか。あなたを待ち伏せている者がいないとも限らない」

「はい。わかりました」

おとなしく、スカーフのように頭に布を巻かれながら、最初に会ったときに、ルドヴィクスに問答無用で布を被せられたのを思い出した。

——もしかして、あれって敵方のスパイに自分の顔を見せないためだったのかな。あのとき、なんらかの説明があったら……——そしたら、もうちょっとは違った印象をルドヴィクスに持ったんだろうか。

そこまで考えたナナキだったが、あの布に染みこんだ、ルドヴィクスの匂いとほかの女性たちの香水体臭化粧の入り混じった匂いを思い出し、ナナキは胸がムカムカしてきた。思い出すと、やっぱり腹が立つ。

なんでルドヴィクスのことを考えているんだろう。これから、王都に向かうからか。そういえば、ラティスの背格好って、ルドヴィクスに似てる。ほんとはルドヴィクスだったりして。俺のことを探しに来たんだったりして。

もし、そうだったら……——そうだったら……——？

ぷるぷるとナナキは首を振った。

なにを考えているんだ。ラティスがルドヴィクスなわけ、ないじゃないか。ルドヴィクスはいい加減で憎たらしく、ラティスは清廉で好ましい。

ぜんぜん違うだろ。

街道は、都に向かって行く馬車や人であふれていた。

「収穫祭って、にぎやかなんですね」

「そうだね。これでも、かなり人数を絞っているんだよ。収穫祭の際には、王都には通行証がないと入れないんだ。もちろん、ナナキ殿には通行証が発行されているので、心配しないでいい」

王都の門には行列ができていて、入るまでに少し時間がかかった。中に入ると馬車から降り、ラティスがフジコを抱き、中心部に向かっていく。

夕刻の王都では、手に赤い実をつけた枝を持った人たちが歩いている。屋台が出ていて、いい匂いがしていた。香ばしい焼き鳥、ぱちぱちはぜる七色の綿飴(わたあめ)、ぐるぐる巻かれたソーセージなどが目に入る。

「あえは？」

フジコがしきりと指さす。

「なんだろうねえ。にーたんにもわからないや」

「なにか食べたい物があったら、あとから届けさせるから。ああ、はぐれてしまうな。ナナキ殿、手を」

ラティスは人混みの中、ナナキの手を取る。武人らしい、節のわかる、ごつい手。そのぬくみがナナキには好ましい。

「さあ、こっちだよ」

ナナキは、ラティスの横顔を見る。しかし、茫洋として、印象が定まらない。髪の色は茶色だと思う。目の色もおそらくは青だと思うのだが、おぼろだ。加えて、仮面の下の顔立ちもナナキには想像することができない。仮面をつけることによって、彼の存在を打ち消しているかのようだ。この仮面は、ナナキが巻いている布と同様、認識を阻害してしまうのだろう。

一同は、中央広場に出た。舞台が作られ、人だかりができている。

そういえば、ここをルドヴィクスと馬車で通ったな。あのときのルドヴィクスは、美しい町並みを俺に見せることができて、誇らしげだった。

――悪いことばっかりじゃなかった気もしてくるから、やっかいだよな。

実際に顔を合わせたら、腹立ちと苛立ちの連続間違いなしだというのに。

「ナナキ殿、こちらへ」

広場に面した、三階建ての建物の裏にラティスはナナキを誘った。裏口には、王命騎士団のマントをつけた警備の騎士がいて、三人を中に入れてくれた。一階はどうやら、店舗になっているらしかった。棚や秤があるのが見える。奥階段を二階に上がる。そこは、やや殺風景だ。工房にでもするのだろうか。三階は住居らしい。今は主がいないらしく、家具にも布がかけられている。

「バルコニーに出てみてほしい」

「わかった」

バルコニーに出ると、王宮に至る丘がよく見えた。心がざわつく。あそこにはルドヴィクスがいる。ルドヴィクスのことは今でも嫌いだ。だが、ルドヴィクスを思うと気持ちが落ち着かない。ルドヴィクスにこれ以上、かかわりあって生きていくのはごめんだ。早く森に帰りたい。

「ナナキ?」

「あ、すみません」

バルコニーには天幕が二つ、張られていた。床から少し浮いた形に板が渡されていて、そこに絨毯が敷かれている。その上に、卓が載せてあって、呼び鈴があり、毛布があった。

「ここが、ナナキ殿の席だ。ここからだと、広場の中央にある舞台がよく見える」

バルコニーから下を見ると、どこもかしこも人がいて満員なのに、いいのだろうか。こんなところを占拠して。そう思っていたのだが、もう一つの天幕から、声があがった。

「ナナキ。それに、ラティス様」

聞き覚えのある声に、飛び上がる。そちらを見ると、サンチョとネリーがいた。

「あー、スープのひと！」

最初にスープをくれたことを覚えていたらしい。フジコがネリーを指さして、跳ねる。

「どうして、ここに？」

「ラティス様から招待を受けたんだよ」

王都に来たら会えるといいとは思っていたが、こんなサプライズ、嬉しすぎる。さすがはラティスだ。フジコはすでに、ネリーの隣に陣取っている。ラティスが言った。

「私は、これから公王陛下の警護をしなくてはならないので、いったん失礼します。食べ物と飲み物のリストはこちらに。呼び鈴を鳴らして、係の者にお申しつけください。では」

ラティスは身を翻（ひるがえ）して行ってしまった。差し招かれるままに、ナナキはサンチョの天幕に入り腰を下ろす。

「ネリー。しばらく見ないうちに、きれいになったね」

「あらやだ。ナナキ。ずいぶん、口がうまくなったのね」

彼女は笑うのだが、実際、森でのネリーは着の身着のままといった服装であったのに、今日は襟ふちに毛皮をあしらった上着を身につけ、髪を結い上げ、唇には紅をさしている。

「もう、ナナキ。うちの奥さんを口説かないでよ」

そう言うサンチョも、お祭りだからか、森の小屋に来るときには場所に合わせているのか、今日は「町の人」っぽいかっこうをしていた。

「今度は、うちの店も見てほしいな。ここみたいな立派な店舗じゃないけど、なかなか、はやってるんだよ」

「ナナキの作る薬は、評判がいいので、私たちも助かっているわ」

そう言って、二人は陶器のカップに、麦酒(ビール)を注いでくれた。

テーブルの上には肉料理やパン、つまめる物がそろっている。ネリーにフォークを持たせてもらって、フジコはジャガイモ料理をつついていた。

「ああ、ごらん。劇が始まるよ、ナナキ。これを演じるのは、この国では名誉なんだよ」

しつらえられた広場の舞台で、幕が開いた。この席は、なるほど特等席だ。よく見える。

銅鑼(どら)が鳴り、音楽劇は幕を開ける。

それは、この国の創世記だった。

西の国に、圧政に苦しむ民がいた。

女神デアの啓示を受け、若者は盟約として手の甲に、乙女は証としてうなじに痣(あざ)が浮かび出る。そのときより、二人は狼の仲間としてアルファ、オメガと呼ばれるようになった。

若者と乙女は狼たちと共闘して苦難の末、この地に辿り着く。そこは一面の荒れ地だった。

二人は女神より授かった杖で地面にふれ、大地の女神の力を注ぎ、国境を定める。

若者と乙女は初代公王と公妃となり、狼たちのよき友となった。

女神の加護と魔力豊富なこの国は、やがて、どの国よりも豊かで麗しい国となる。

幕引きの際には、鈴のような楽器が鳴らされた。

この国の人間ではないナナキであったが、気がつけばサンチョやネリーといっしょになって、手を叩いていた。

同時に、これを自分にやれと言うルドヴィクスのむちゃぶりに腹が立ってきた。これはもう、神話レベルの話だろう。むりだろ。むりむり。

劇が終わって、ナナキたちはまた食事に戻った。

「それにしても、いきなりこんなところを使わせてもらえるなんて、ナナキはほんとは王族なんじゃないの？」

そう、サンチョが言った。

この場合、どう返せば正解なのだろう。「そんなはずがない」とか、「そう見えちゃう？」とか。けれど、ナナキにとって、サンチョはすでにただの知り合いの域を超えていた。友人と言っても過言ではなかった。

「……ある意味、そうかもしれない」

ナナキはそう、口にしていた。サンチョとネリーの動きが止まる。

「俺は、異世界からルドヴィクス公王陛下のつがいになるために呼ばれたんだ」

ナナキが言うと、サンチョとネリーは、黙り込んだ。

二人は、目を見交わしている。

「そう、なんだ……」

なんだ、この沈黙は。

「なにかあるとは思っていたんだよね」

「そうよね」

二人があっさりと信じてくれたことに驚く。

「だって、最初に着ていた服、生地の織りと刺繍がぼくたちが着るようなものじゃなかったからね。それに、ナナキはこの国の人間だったら、どんな子どもでも、どんな辺境地にいても、当然知っていることを知らなかったし。あ、じゃあ、フジコちゃんは？」

フジコは自分が呼ばれたのを察して、ナナキを見た。

「この子は、狼なんだ。南下している狼たちにケガをしたフジコを託された」

フジコは「へへっ」と笑っている。サンチョは唸った。

「どっちかというと、そのほうが信じられないかな」

「人間の女の子にしか見えないものね」

ナナキはフジコに言い聞かせた。

「フジコ、狼になってごらん」

「おーかみ？」

「そう、いつもみたいに」

フジコは迷っていたようだが、ぶんぶんと頭を横に振った。なんでだ。森では、気ままに狼になっていたではないか。

「フジコ、狼！」

「やっ！」

どうして、そこまでいやがるんだ。

そうこうするうちに、サンチョとネリーにたしなめられてしまった。

「うん、わかったよ。ナナキ。狼なんだね。今は、そういうことにしておくよ」

「言いたくなったときに、言ってくれればいいのよ」

なんで。どうして、そうなるんだ。この世界では、異世界転生よりも狼娘のほうがレアだというのか。

「逃げてきた理由を話してもらっても？」

「…………」

ナナキはためらったが、サンチョに話した。ルドヴィクスにつがいだから愛せと言われて反発したことまで、すべて。

「甘えるな」とか、「この世界を救え」とか、詰め寄られるのではないかと憂慮したのだが、サンチョは「うんうん」とうなずきながら、聞いてくれた。

「わかるよ、ナナキ。結局、ぼくらだって、村の利益よりも自分たちの気持ちをとったからね」

　そういえば、サンチョとネリーは駆け落ちしてきたのだった。

「でも、自分の村への思いがまったくなくなったわけじゃないんだよ。だから、ぼくたちは、売り上げから少しだけど、村に送金するようにしている。居場所がわかっちゃうと、向こうも体面があるんで、ぼくらを捕まえにこなくちゃならないから、人に頼んでだけどね」

　えーっとと、サンチョは言った。

「なにが言いたいかっていうとね。ゼロかイチかじゃなくて、そのあいだを探るのも、ありじゃないかなって」

　その間？　ルドヴィクスを愛するか、逃げるか、だけじゃなくて？

「ほら、ここから見てよ。いろんな人がいるよね。うちの薬屋をひいきにしてくれているお客さんもいるし、ぼくとネリーがお気に入りの食堂のおやじさんが、この広場に屋台を出しているんだよ。ナナキは異世界から来たし、この世界の行く末なんてどうでもいいかもしれないけどさ。ほんの少しだけでも、気持ちがあるなら、そのぶんだけでいいから、考えてみてくれないかな」

「……そんなふうに、考えたことは、なかった……」

　サンチョは、自分とあまり年齢が変わらない気がするのに、考え方がおとなだ。

　自分がこの世界を思っているぶんだけ。それでいいなら、できる気がする。ルドヴィクスを愛するとか、つがいとかはむりだけど、違うやり方でやっていけるなら……――

　わーっと階下から声がした。舞台の幕が開き、ルドヴィクスが姿を現している。

「ルドヴィクス様！」

「ルドヴィクス公王陛下！」

「公王陛下、ばんざい！」

　サンチョがおもしろそうに言った。

「当のルドヴィクス陛下の挨拶が始まるよ」

　ルドヴィクスの背後には、ラティスをはじめとする王命騎士団が控えている。ルドヴィクスとラティス。二人がそこにいることに、ナナキは安心した。

　――なんで、ルドヴィクスとラティスを似てるなんて、思ったんだろう。

　ナナキは己の見る目のなさを責めた。ラティスのほうが、ずっとずっとかっこいい。

「今年も麦は実り、ブドウはワインを醸すためにたわわに実った。牧草の育ちもいい。大地の女神デアに感謝を。労働の果てに得た恵みを、享受しようではないか」

　わっと、人々が歓声を上げた。

　久しぶりに見たルドヴィクスは、少しふっくらした気がする。相変わらず、美女と酒池肉林なんだろう。ただ、こちらの気持ちが落ち着いたせいか。彼を見ても、そこまで腹が立たない。

――なんだか、気が抜けちゃったな。

これなら、この王都にいてもいいのではないかと、そんな気持ちになってきたナナキだった。

香ばしい匂いがした。

「待たせたな、ナナキ殿。用事は済んだぞ」

ラティスが、盆を手にして近づいてきた。あとから、給仕人も続く。揚げた鶏にベリーソースをかけたもの、野菜の煮込み、豚の塩焼きがテーブルの上に並んだ。数種類のチーズとソーセージには、マスタードが添えられていた。

フジコ用にだろう。温かいスープにやわらかそうなパンもある。

「少し、話をさせてもらえないか。ナナキ殿」

ラティスにそう言われて、料理を取り分けてもう一つの天幕に向かった。

さっき、サンチョに言われた「自分ができる範囲で、やれることをやる」ことについて、ナナキは考えている。ラティスが、食の進まないナナキを心配そうに見ている。

「ナナキ殿。そなたの気に入りそうな味だと思ったんだが。おいしくないか？」

「いや、すごく……おいしそうなんだけど……」

フジコはナナキの隣で揚げた鶏にかぶりついている。ナナキは彼女の口についたベリーソースを布でぬぐってやった。

「すまない。なにか、食べられないものがあったか？　口に合わなかったか？　すぐにほかのものを取り寄せよう」

「いいよ。そんなの」

「そんなのではないだろう。俺は、今まで馳走してもらうばかりだったからな。ナナキ殿にうまいものを食べてもらうのを、楽しみにしていたのだ」

「そんなこと、ないよ。あのフルーツの入ったケーキは、すごくおいしかった」

「そんなにか？」

「うん。最後のほうは、食べきってしまうのがもったいなさすぎて、紙みたいに薄く切ってちまちま食べてたよ」

そう言うと、ラティスは嬉しそうな顔をした。

――たぶんした、よな。

口元の形と声の感じで、ナナキはそれを推測するしかない。ラティスの顔立ちは、ぼんやりとしている。ナナキは聞いてみた。

「ラティス様は、どうして仮面をつけているんですか？」

「事故で、顔にケガを負ってしまったのだ。ナナキ殿が見たら、驚くことだろう」

そう言われてしまったら、顔が見たいというのは、わがままで、失礼なことになってしまう。だが、どんなに醜かったとしても、いつかは彼の顔を見たいと、ナナキは思った。

ナナキは、下を向く。

――ルドヴィクスのつがいはいやだけど、できるだけがんばるとか……。王都に住んでもいいとか……。都合いいよな。言いづらいな。

そう思って、ラティスのほうを見ると、自分の気の迷いだろうか。ラティスもまた、なにごとかをナナキに話そうとして、ためらっているように思えた。

二人の間に沈黙が満ちた。

舞台では楽器演奏や舞踏が終わり、今は、狼の遠吠え大会をしていた。進行役が、飛び入りの参加者を募っている。

「我が国の女神に愛されし獣、狼を誰が一等うまくまねできるか？　もう、いないか。いないのか？」

ナナキは出し物をぼんやり聞いていた。人間のすること、どの人の遠吠えも、ナナキが実際に聞いた狼の声、あの、切ないような、空気をふるわせるような高い声、旋律にも似た響きにかなうものはなかった。

進行役があおった。

「これで、終わりか？　我こそはと思うものは、ここに来たれ。一等賞は、すばらしく豪華ですぞ」

「……うう？」

ナナキは背後を見た。やばいと一目でわかった。

フジコの目がぎらぎらしている。ベリーソースをつけた口をへの字に曲げている。彼女の表情から、ナナキは気持ちを読みとった。

不満なのだ。彼女は、大いにご不満なのだ。

──自分にやらせろ。

そう言っているのだ。

ナナキは彼女を押さえようとしたのだが、遅かった。フジコはバルコニーの端に寄ると、柵をつかむ。そして、上を向くと、大きく、遠吠えのまねをした。

「あおーん！」

人間の身体であっても、さすがに、うまい。

彼女の声は大気をふるわせた。あまりの見事さに、人々は静まりかえり、はぐれ狼がその声を返してくるほどだった。どっと、ナナキの背に冷や汗が流れる。

「これはすごい。決まった。見事に決まったー！」

舞台からも会場からも、集まっている人たちからも、歓声が上がっている。拍手が耳に痛いほどだった。

サンチョとネリーが、こちらを見ている。進行役が言った。

「満場一致だ。さあ、この壇上へどうぞ」

どうしよう。目立ちたくないのに。

「サンチョ、ネリー。お願いだ。フジコを連れて行ってもらえる?」

「わかった。……ナナキ。ごめんね、疑って。さっきのあれ、信じるよ」

さっきのあれとは、フジコが狼であるということだろう。そう。それほどまでに、フジコの遠吠えは見事だった。

サンチョとネリー、そしてフジコがいなくなったバルコニーで、ナナキはラティスと向かい合った。

舞台上では、フジコが嬉しそうに何かをもらっている。調子に乗って、さらに遠吠えを披露している。

「フジコ殿、みごとでしたね」

そう、ラティスが静かに言った。

「ええ。いささか、みごとすぎたような気も、しなくはないです」

「そうですね。もしかしたら、フジコ殿の正体に気がついた者もいるかもしれない。そうしたら、当然、『兄』であるナナキ殿も、何者かと疑われるでしょう」

「ですよね」

「こうなったら、あなたをあの、三日月の森に帰すわけには参りません」

「それは、そうですよね」

いちいち、それはもっともでしかない。

「は？」

ラティスは面食らったようだった。

「あなたを、三日月の森に帰すわけには参りません」

ナナキが、事情を把握してないと思ったのだろう。ラティスはもう一回、そう言った。

「はい……」

「ナナキ殿。わかっておられるのですか？　三日月の森に帰すわけにはいかないと言っているんですよ？」

自分で言っておきながら、ナナキが了承したのが解せないようで、まだなにか言いかけているラティスを、ナナキは手で制する。

「あの。今さらなんですけど。俺とフジコが三日月の森で冬を越すのは、むりだなって思って」

「ナナキ殿？」

「むしがよすぎて、申し訳ないのですが、王都で過ごさせてもらえたらありがたいなあって。自分で、できるだけなんとかして住居を探したいんですが、おそらくは護衛とか、つきますよね？　なので、その、ラティス様と打ち合わせしつつ、いい感じにしていけたらいいなあ、なんて。え、なんなんですか？」

「そなたは、ほんとうにナナキ殿か？　そのように、物わかりがよくなって、私はなんだか、怖いくらいだ」

なんか、これ、失礼なこと言われているのか？

「さっき、サンチョと話していて、考え直したんです。ルドヴィクスのつがいとやらになるのも、王配になるのも、俺は気が進まないです。でも、サンチョやネリーやフジコ、それから、ラティス様のいる、この国を俺のできる範囲でなんとかしたい。そのくらいの気持ちは、あるんです」

「そうか……。それなら、私も話がしやすいのだが」

ラティスは、下を指さした。

「じつは、この建物はナナキ殿のために買いとったのだ」

「ここをですか？」

「そうだ。一階は店舗、二階は工房として使える。そして、三階は住むことができる」

だが、どう考えても、この広さは一人で管理できるものではない。それに加えて、フジコがなにかしでかさないかが心配だ。

「一人でとは言わない。サンチョ商会は最近、手狭になってきたようだ。彼らに一階を店舗として貸し、二階はそなたの工房として、三階で暮らせばいい。城より、侍女のリリサを差し向けよう。リリサは二人の子を育てている。ナナキ殿の助けになろう」

「ありがとうございます」

「礼を言うには及ばない。手はずは整えたものの、どう言いだしたものか、考えてあぐねていたのだ。思うところあって、王宮から逃亡したそなたであろう。『うん』と言ってくれるかどうか、不安だった」

——こんな、建物まで、用意してくれていた……。

できたら、強引に連れてきたかっただろう。けれど、ラティスは自分の気が変わるまで、待ってくれたのだ。いわば、思いを押しつけることなく、少しだけ隙間をあけてくれていたのだ。

ナナキは、その隙間が、とても貴重に思えた。それは、ナナキの思いを尊重する、自由を与えてくれる、隙間であったから。

「すみません……」

ナナキは、サンチョに言われるまで、王宮に帰って言われるがままになるか、三日月の森で暮らすか、二つに一つしか、考えられなかった。

「俺、ものすごく、視野が狭くなってたんですね。なんか、恥ずかしいです」

ふっと、ラティスが微笑んだ気がした。

「むりもないことだ。ナナキ殿は、異世界から来られたのだ。なじんで、周りを見渡せるまで、少々時間がかかろう」

そう言ってもらえると、今までかたくなだった心が、ほぐれていく気がする。

――ああ、やっぱり、俺、この人のこと、好きだなあ……。

そんなことを思ったりした。

――ルドヴィクスにも、このくらいのおとなな対応があったら……。いきなり、ぐいぐい来るんじゃなくて、待ってくれたら……――、そしたら、もうちょっとは違っていたのかなあ。

ナナキはぷるぷると頭を振った。

過去のことを思い悩んでも、どうにもならない。これからは王都に住むんだ。ルドヴィクスに振り回されたくない。

「これからは、ラティス様とより近くになりますね。心強いです。ラティス様がいなかったら、決心がつかなかったと思います」

ラティスは黙った。なにか、困らせるようなことを言ってしまったのだろうか。彼は、低い声で言った。

「私は……」

続けてなにか言ったのかもしれないが、花火が打ちあがり、その声をかき消した。火の花が、夜空に咲いている。彼が、手を伸ばしてきた。ナナキの頰にふれる。その指先のふれかたで、ナナキをとても大切にしているのが伝わってくる。

「私も、そなたが近くなってうれしく思う」

「はい……」

花火がいくつも咲く。ラティスの仮面にも映える。自分たちのあいだに、なにかが流れている。それは、ナナキが深くにずっと抱いてきた、大切な痛みと繋がっている気がする。

「はい、ラティス様。俺もです」

「たーだいまー」

そのとき、サンチョたちが帰ってきた。フジコもいっしょだ。はっと、ラティスとナナキは身を離した。

「まー！」

フジコは、賞品の狼のぬいぐるみを抱いている。それを、嬉しそうにナナキに見せてくれた。彼女はたいそう、ごきげんだ。

「す、すごいね。フジコ」

「ナナキ、どうしたの。顔が赤いよ。酔っちゃった？」

「いや、そう。ていうか、あれだ。あっつくて。それより、サンチョ。相談したいことがあるんだけど」

サンチョたちが、ナナキとラティスのテーブルまでやってきた。

「ここの建物をサンチョ商会にしてね、それから……」

打ち合わせは、深夜にまで及んだ。

ラティスは、ナナキたちをいったん、ローゼリムの宿屋に預けた。王宮まで帰ると、その足でイルドの部屋に向かう。覚悟をしていた。

——さぞかし、文句を言われるだろう。

ラティスは今日でもう、ナナキの前から姿を消す。そう決めたつもりだった。しかし、自分がしたことはなんだろう。

ナナキがルドヴィクスがラティスであるという疑念を持たないよう、収穫祭では己の影武者を使ってまで、画策した。

これから近くにいられると言われて、安堵と歓喜しかなかった。

こうしなくてはと思っているのとは、正反対のことしかしていない。

「なにをしているんだ」と、イルドに叱られることを覚悟して彼の部屋に入ったのだが、イルドはラティス以上に落ち込んでいた。

「どうした、イルド?」

イルドは、ベッドの上で顔を覆っていた。

「耐えきれなかった」

「なんのことだ。なにを言っている?」

「同族の声をあんな近くで聞いたのは、子どものとき以来だったんだ」

「あー……」

フジコが遠吠えをしたとき、はぐれ狼の声が返ってきた。あれはイルドだったのか。あの、いつも冷静なイルドが。兄貴ぶっている男が。まさか、そんなことを。

絶句して見つめていると、イルドは決まり悪そうに指の隙間からルドヴィクスを見た。

「己を抑えることができなかったんだ。思わず、やってしまっていた……」

そういえば、ナナキはそんなことを、言っていたな。彼の言葉を、ルドヴィクスは思い出していた。

――どうしても生まれてしまい、手放すことができないもんなんだ。

どうしても生まれてしまう、か。イルドでさえ、それを抑えることができないのだ。いつか、自分も、わかるのだろうか。いや、すでに、少しずつ、知っている。そんな気がする。

「そうか。しかたないよな。思わず、やってしまうんだったら」

物わかりのいいルドヴィクスを、イルドはけげんそうな顔で見る。

「ナナキは、王都に住むそうだ。フジコ殿も連れてな。今度、事情を話してフジコ殿を連れてきてもらおう」

「ほんとうか?」

イルドの顔が明るく輝いた。兄弟同然に過ごしていたとはいえ、イルドは狼だ。同族を求める気持ちは強いのだろう。

「ああ。きっと、フジコ殿も喜ぶことだろう」

だから、まだ少し、ラティスでいさせてくれ。あと、もうちょっとくらいは……――

■17　王宮に再び

ルドヴィクスのことを考えないときはなかったが、それでも、かつて大げんかした、少しだけ苦みを感じる相手くらいの気持ちになっていた。

それでも、まだ、彼と会いたくはないとナナキは思っている。ようやく、王都での暮らしが始まったばかりなのだ。今、揺れたくはない。

店の下見に来たサンチョにナナキは言った。

「ごめんね、サンチョ」

サンチョは心底驚いたようだった。

「なに？　なにに対する謝罪？　ぼくにはさっぱりわからないんだけど」

「だって、今までの薬屋から、引っ越ししたり、人を雇わなくちゃならなくなったり、面倒ごとが増えただろ？」

「なに言ってんだよ、ナナキ」

サンチョは、目を剝きそうになっている。

「この場所は、お金を積んだって貸してもらえない、一等地なんだよ？」

「そ、そうなの？」

「そうだよ。ここを貸してもらうには、大貴族か、王族と縁故があるか、大商人の息子か、よほどの実績があるか。とにかく、普通じゃ無理なんだよ。すべての商人憧れの場所なんだから」

「そうなんだ……」

日本で言えば、銀座みたいなものだろうか。

「それに、薬屋が繁盛しすぎて、どっちみち引っ越さないとだめだなって思っていたんだよね。階上にナナキがいて、工房があるのは幸いだよ。今までは薬屋だったけど、これからは薬種店として営業していくつもりなんだ」

「薬屋と薬種店って、どう違うの？」

サンチョは説明してくれた。

「薬屋は、できた薬をそのまま売るんだよ。だから、風邪薬とか頭痛薬とかが主になるね。薬種店は、疾患に対して聞き取りをして薬を調合する。これだと、高額になるけど、より柔軟に対応できるってわけ。もっとも、より難しい病気はお医者さんじゃないとムリだけどね」

なるほど。ドラッグストアと、調剤薬局みたいな違いだな。

「俺のいた世界では、勝手に薬種店をやると罰を受けるんだが、こちらでは大丈夫なのか？」

自分が転生者だと告白したせいで、サンチョと話がしやすくなって助かる。サンチョはなんてことないように、返してきた。

「あ、そうなの？　ローザ公国では、ギルドに登録を済ませて、女神に『不正はいたしません』って誓えば、それでいいんだよ。もっとも、効かない薬を売ったなんて評判が立ったら、商売あがったりになっちゃうけどね」

「それは、薬を作る俺の責任重大だな」

「ナナキなら大丈夫だよ。信用してる」

サンチョは顎に手を当てて、考えている。

「とはいえ、この季節、薬になる草は枯れてしまっているから、実際に忙しくなるのは来年の春からだね。それまでは、乾燥の薬草なんかを使ってしのいでいって、やり方を模索していこう。なにか冬場の売れ筋が作れれば、一番いいんだけどね。それと、店賃なんだけどね」

「それは、いいよ」

ラティスとの取り決めで、この建物を借りるのに金銭は発生しないことになっている。

「そういうわけにはいかないよ。ナナキは異世界から女神に招かれた客人だけど、ぼくはただの商人なんだから」

「だったら、こうしないか」

ナナキは、サンチョに申し出た。

「店賃は一定の額をもらう。でも、それは貯めておいて、サンチョの村への送金ぶんにしよう」

「え、いいの？」

「もちろん」

サンチョはナナキに抱きついた。

「ナナキ、ありがとう！　すごい助かるよ！」

サンチョ商会の支度は順調だ。

店舗である一階と、工房である二階は、ほとんどの内装工事が終わった。いつでも店をあけられる。

ただ、三階の住居はあらかじめ、品のいい家具が設置されていたので、そのまま使わせてもらうことにした。間取りは広めのワンルームだ。簡単な料理が作れる台所、暖房器具、さらには、ナナキを狂喜乱舞させたバスタブつきの風呂場があった。

すべてが魔道具で動作するのは助かる。そうでなければ、三階まで薪（まき）を運ぶのに骨が折れただろう。

「ふー」

まだ日が明るいのに、ゆったりとフジコとともに風呂に入る幸せ。

三日月の森の小屋にもバスタブはあった。水も出た。しかし、沸かすのは薪だったので使ったことはない。いつも湯を浴びて済ませていた。前にバスタブに浸かったのは、もしかして王宮の、あのプールのようなバスルームだったのではないだろうか。

冬の始まりのこの時期、温かい湯に思う存分浸かれる贅沢は、格別だった。

ついでにナナキは、お肌にいいはちみつ石鹸と香りのよい入浴剤を作ってみたりした。余談であるが、この石鹸と入浴剤はのちにサンチョ商会で扱うことになり、町の女性や洒落者の男性にたいへん好評で、苦戦するかと思われた冬場の売り上げに、おおいに貢献してくれたのだった。

「ごはん屋も肉屋も八百屋もある。金を出せば、なんでも手に入る」

文明世界から転生してきた自分としては、一度この暮らしを知ってしまったら、元の小屋には戻れそうもない。

「町の暮らしっていいよね」

そう言ったら、ナナキの目の前で泡を手にして遊んでいたフジコが不満そうに口を尖らせた。

「うう?」

「フジコは森のほうがいいかもだけど」

フジコは激しくうなずく。

「うさぎ、いない」

「いないねえ」

「そと出ると、フジコ、ふまれる」

ナナキは苦い顔になった。

「それは、フジコがすぐに走り出すからだろ」

「フジコは走るよ」

「走っちゃダメ」

「おーかみになったら、走っていい？」

「それは、もっとダメ」

「むーん……」

風呂から上がって、ナナキに服を着せてもらっても、フジコはおおいに不満なようだった。

それは、そうか。

フジコは満月になると一晩中、森の中を狼姿で走り回っていたのだ。次の満月まで半月ある。それまでには、フジコを仲間のところに戻してやらないと、本気で狼に変身して町中を走り回りかねない。

ルドヴィクスのことを考えずに済んだのは、フジコのおかげだ。彼女のとんでもない言動にナナキは振り回されっぱなしで、おおいに笑って、考えて、慰められた。

——フジコが帰ったら、俺は一人になってしまう。

そう考えながらフジコの髪を拭いていると、コンコンと扉を叩く音がした。この建物にも、ばっちり警備がついている。ここまで来る人は、限られている。

「ナナキ殿、失礼する」

そう言って入ってきたのは、ラティスだった。ラティスはなんだか、まずいものを見たように、くるりと後ろを向いた。

「いきなり入ってきて、すまなかった」

ナナキは自分のかっこうを見た。先にフジコに服を着せていたから、まだ薄物しか着ていない。男同士なのだから、かまわないのだと言い聞かせてみても、ラティスにそういう反応をされると、自分もなんだか面はゆくなり、慌てて上を着込んだ。

「ラティス様。もう、着ました」

「そ、そうか。これは、ナナキ殿がおいしいと言っていた茶の葉だ。出回っていたので、買い求めた」

「わあ、ありがとうございます。今、お茶を淹れますね。フジコはミルクな」

「あい」

真ん中にある木のテーブルに、自分たち三人分のカップを取り出す。ここには、ラティス用のカップもきちんとあるのだ。椅子も大きいのが二つと、小さいのが一つ、揃えられている。

カップに口をつけてから、ラティスは話を切り出した。

「ナナキ殿、頼みがあるのだ。会って欲しい人がいるのだが」

そらきた。ナナキは、ラティスがなにを言いたいのか、察した。

「まだ、いやです」

断られるとは思っていなかったのだろう。ラティスは、口を半分あけたまま、呆然とナナキを見ている。

「ラティス様は、俺をルドヴィクスのところに連れていくつもりなんですよね？」

「は？　あ、いや。違うが」

ナナキはほっと息を吐いた。ルドヴィクスと会う。そう思っただけで、ナナキの気持ちは落ち着かなくなる。ラティスはナナキに聞いてきた。

「ちなみにナナキ殿は、公王陛下のどのようなところが苦手なのか」

それを聞くか。聞いてしまうか。

「仮にも、ラティス様のご主人ですし。そんな」

「いえ。遠慮のない意見を伺いたいのです」

「ほんとですか？　なにを言っても怒らないですか？」

「はい。決して」

すうっと、ナナキは息を吸った。それから、すらすらとルドヴィクスへの文句が口をついて出た。

「会ったばかりなのにいきなりつがいとか、なに言い出すんだって思ったし、世の中全部自分のことを欲しいと思っているって態度が何様だって思ったし、贅沢させてあげれば言うこと聞くっていうのがあさましいし、ぜったいに本心を明かしていない嘘笑いが気持ち悪かったです」

いけない。あいつへの恨み辛みなら、すらすらと出てきてしまう。

「いやもう、なに考えてんのかって話ですよ。こちとら、転生してきたんですよ？ 転生と言えば、海外に引っ越しも同然。まずは、その世界に慣れてからじゃないですか。最初は挨拶からが基本でしょう。それを罪人みたいに引きずって行かれて、閉じこめられて、さらに、あんなふうにぐいぐいこられて、胃だって縮こまりましたよ。なのに、食が細いだのなんだの言ってくるんですよ。おまえのせいだとしか言いようがないでしょう」

「な、なるほど……」

ラティスをへこませてしまったようだ。彼は、弱々しく仮面の上から顔を覆った。

「改めよう……——いや、改めるように進言しよう。いずれはルドヴィクス様とも会っていただきたいが、今、話しているのは、そうではない。ナナキ殿、というより、フジコ殿に来ていただきたいと言ったほうが正解かもしれない。会って欲しいのは、イルド殿になのだ」

「イルド……？」

イルド。どこかで聞いた気がするが。

「イルド殿はルドヴィクス公王陛下のご兄弟ともいえる方だ。彼はフジコ殿と同様、狼なのだ」

ナナキの脳裏に、フジコが遠吠えしたときに返ってきた声が浮かんだ。

ナナキとフジコは、ラティスの先導で、王宮に向かう。フジコの手には、収穫祭でもらった、お気に入りの狼のぬいぐるみがある。

ナナキがビクビクしているからだろう。少しだけおかしそうに、ラティスが言った。

「今日は、ルドヴィクス様は決してこちらに来ない。ご安心ください」

「……はい」

見透かされている。

「ナナキ様ー！」

建物に入ると、そこで待ち構えていたのは、リリサだった。ナナキづきの侍女として、仕えてくれていた女性だ。

「ご無事でよかった。よかった」

相変わらず、リリサは弾丸のようだ。ナナキに向かって突進してくる。衝撃が来た。ナナキは踏ん張ると、彼女の肩をポンポンと叩いた。

「いきなり逃げて、悪かったな。ルドヴィクスに怒られなかったか？」

そう言うと、リリサは「そんなことより、どんなに心配したことか」、そう言って、無遠慮にどしどしと叩いてくる。しまいには、ラティスに引き離されるほどだった。

「ああ、すみません。取り乱してしまいました。イルド様のお部屋は、こちらになります」

ナナキがいたのとは別の離宮に歩を進める。

それにしても、イルドというのは、どんな人、いや、狼なのだろう。ルドヴィクスと同じくらいの歳だと聞いたが。自分が知っている狼やフジコから察するに、豪快に山野を駆けるマッチョではないだろうか。自分なんて、片手で持ち上げられてしまいそうなくらいの。

案内された部屋に入ると、そこは広い寝室だった。中央に最も大きく取られているのは、ベッドだった。その上に、一人の男が身を起こしていた。

「イルド様。ナナキ様とフジコ様をお連れしました」

「ご苦労、リリサ」

——この人が、イルド?

予想とまったく違っていた。細い顎、銀色の髪、銀色の瞳。顔色は白いを通り越して青みさえ感じる。この人が狼になったとしたら、銀色の狼になるのだろう。ラティスのマントの銀狼の意匠。それは、この人じゃないだろうか。

イルドは言った。

「はじめまして、ナナキ。そして、フジコ」

フジコは、ナナキが今まで見たことがない反応をした。

ラティスと自分には抱きあげさせるくらいに懐いているが、たまにやってくるサンチョにさえも、どこか遠慮して、できたら姿を見せたくないという態度のフジコなのに、手にぬいぐるみを持ったまま、いきなり、ベッドに身を乗り出したのだ。

「フジコ、お行儀が悪いぞ」

そう言って、ナナキはフジコを止めようとしたのだが、イルドとラティスがそのままでいいと合図した。フジコは彼のところに行き着いた。フジコは、くんくんと彼の匂いをかぐ。

「いいにおい」

そう言って、自分が手にしていたぬいぐるみをつきだした。

「おなじ」

イルドは、えもいわれぬ笑みを浮かべた。

「そうだね」

彼はそう言うと、枕の陰からオレンジ色に輝く花の束を取り出し、フジコに渡した。

「フジコ。いい名前だな。私はイルドだ」

「いるど」

「これは、お近づきのしるしだ」

手渡された花束に、フジコは顔を埋めた。どうやら、照れているらしい。

え、照れる？　あのフジコが？　人間というよりは、狼にまだまだ近い、あのフジコが？

満月の夜には遠吠えし、ウサギを嬉々として狩ってくる、あのフジコが。そんな、「照れる」などという、高等な感情があったとは。

フジコは、花の匂いをかいでいたが、ぱくりと口の中に入れた。

「ああっ、こら。フジコ、ぺっ、てしなさい」

ナナキは彼女にそう言ったが、イルドは落ち着いている。

「大丈夫です。それはオレンジフラワーだよ。食べられる花だから」

ラティスが、前に出た。

「イルド様、横になっていたほうがいいですよ」

確かに、イルドは少し疲れたようだった。「失礼」と言うと、横になる。

「だいじょぶ？」

フジコは、イルドの額に手を当てた。二人は目を見交わして微笑み合う。互いを気に入ったみたいだった。

――やっぱり、同族がいいんだな……。

自分がいくらフジコのことを家族と思っても、フジコにとってはそうじゃない。傷が治るまでの仮の宿なのだ。寂しいけれど、それは、受け入れなくてはならない。

しばらくして、ナナキとフジコは、ラティスに退室をうながされた。イルドは、眠ってしまったように見える。

廊下に出てから、ラティスはナナキに語った。

「イルド様はお身体が弱いのです。ルドヴィクス様が幼くして即位されてすぐ、北にいた狼

が、まだ子どもだったイルド様を託されました。これを知っているのは、側近でもごく限られた者なのです。ナナキ殿も、イルド様のことは内密にお願いします」

　その秘密を知っているラティスは、公王にも重んじられているわけだ。自分の手柄でもなんでもないけど、なんだかナナキも鼻が高い。

「わかりました」

「イルド様がこのように楽しげにされているのは、久方ぶりです。やはり、同族は違うのでしょう。どうか、できるだけ、フジコ殿に、いらしていただきたいのですが」

　ラティスにそう言われると、ナナキは弱い。

「ああ、まあ、いいですけど……。ルドヴィクスに会わなくていいって条件なら」

　不承不承、返答する。

■18　引っ越し

ルドヴィクスに会わなくていい。

それにほっとしているのは事実なのに、なんだか落ち着かない気持ちになっている。王宮に行くたびに、ルドヴィクスに会ったらどうしようと考えてしまう。そして、会わないままなのが、なんだか物足りない。

矛盾にとらわれて、苛立(いらだ)ってしまう。

そのようにして、自分をそういう気持ちにさせるルドヴィクスに、ナナキは一方的に腹を立てていた。

「まあ、とりあえず、部屋を片付けなくちゃな」

王都の家の工房はまだ殺風景で、ナナキは野草を干すための紐(ひも)をかけるため、壁に釘(くぎ)を打とうとしていた。小さな脚立を持ち出すと、その上にのぼり、フジコに「このあたり？もっと右？」と聞きながら、釘の位置を決める。

「よいしょ」

打とうと思ったそのときに、

「にーたん！」

フジコの悲鳴があがった。脚立がぐらついたのだ。床に叩きつけられるのを覚悟したが、ナナキはふわりと抱き留められた。

「ラティス様」

「まったく、そなたは！」

ラティスは入り口から走ったのだろう。荒い息を整えると、そっと、ナナキを下におろした。ていねいな手つきに、自分が壊れ物になったかのような心地がした。

「どうしてもっと気をつけないのですか。高いところにのぼるときには、職人を呼ぶなりすればいいでしょう！」

「すみません」

「なんで、笑っているのですか？」

「笑ってました？」

「ええ。最初に会ったときにも、そうでしたよ。なにがおかしいのですか。私が、慌てるところがおもしろいですか」

ラティスは憮然(ぶぜん)としている。

「そういうわけでは、ないのですが……」

ナナキは、考え込んでしまう。そういえば、最初にラティスに会ったとき……――自分は、崖から落ちそうになっていて、そこをすんでのところで、助けられた。あのときも、自分は嬉しくなってしまった。今も同様だ。

――それは、どうしてなんだろう。

「おそらく、あなたが俺を助けるときの気持ちが響いてきて、くすぐったいからだと思います」

「え」

ラティスは、あまりに意外な答えだったのだろう。口をあんぐりあけている。

それから、おそるおそるナナキに言った。

「それでは、なんですか。俺があなたを心配して助けるってことは、あなたをくすぐっていることになるんですか」

「言葉にすると、妙ですけど、そうなりますね」

「…………」

ラティスは今度は、絶句している。おかしなことを口走ってしまったか。恥ずかしい。

ナナキは立ち上がると、言い訳をした。

「職人を入れるとなると、フジコを見せなくてはならないでしょう。できたら、自分でやってしまいたかったんです」

ナナキに言われて、ラティスは「ああ、なるほど」と思い至ったようだった。

「いきなり怒鳴りつけて、申し訳なかったです。しかし、そういうことなら、その前に私にろばせる。

相談して欲しかったです。王室御用達の、口の堅い職人を呼ぶこともできたのに」

ナナキは今も微笑んでいる自分に気がついていた。彼の言葉や行動は、いつも自分をほころばせる。

「ありがとうございます」

ラティスは、なにを言おうか、迷っているようだった。つっかえながら、彼は言葉を紡いだ。

「私も、言い過ぎました。私は、あなたのことになると、つい、むきになってしまうようだ。申し訳ない。いつもは、完全に自分を律することができるのですが」

ラティスは息を吐いた。

「そうか。そういうことか。これが……——」

彼の表情は、仮面に阻害されてよくわからない。だが、感じ入っているように見える。

ああ、ラティスもまた、自分と同じ気持ちだったらいいのに。徐々に特別な人になっていく、その最中だったら有頂天になれるのに。この想いが一方通行ではなく、彼からも返ってくるのなら、こんなに悦ばしいことはないのに。

その晩。

イルドは、ルドヴィクスの報告を聞いて、渋い顔をした。

「ラティスとしてナナキに近づいて、うまくいっても未来はないぞ。早く手を引くんだ」

なにを言われても、ルドヴィクスには言い訳しようがない。

「はい……」

イルドにとて、わかっている。

ルドヴィクスが、今まで、この、いつ崩壊してもおかしくなかった国を、なんとか今の形にまとめてきたことも、どうにかしてナナキと仲直りをしたがっていることも、すべて、わかっている。だが、これでは、ナナキはルドヴィクスの仮の姿であるラティスに好意を向け、ルドヴィクスを嫌い続ける。

「どうするつもりだ？　今まで、オメガを求め続けていたんだろう？」

「それは……そうなんだが……」

「ようやく女神からつがいを授けていただいたんだ。こんな幸運は二度とない。ここで国を立て直さなかったら、ローザ公国は滅ぶぞ」

ルドヴィクスは、考え込んだ末に、とんでもないことを言い出してきた。

「ラティスとして、彼と恋人同士になり、痣（あざ）を発現して、女神の加護を受け、国を建て直す。その後、誰かに王位を譲り、一生をラティスとして過ごす……――というのは、どうだろう」

「馬鹿！」

どうしても、厳しい声になってしまう。

「そんなの、現実的じゃないのは、わかっているだろう。ルドヴィクスとして、きちんとナナキに向き合い、誠意を尽くすんだ」

そう、イルドは言った。

「南に行って、狼たちと会うんだ。きみと、フジコ殿とナナキで」

「ルドヴィクスとして?」

「そう、ルドヴィクスとして。いいか、これが最後のチャンスだと思え」

■19　ルドヴィクスとの再会

その日、ナナキはフジコを伴ってイルドの部屋に訪れていた。

フジコはさんざんベッドでジャンプを繰り返したあげく、眠ってしまった。そのうち、フジコ専用のベッドを片隅に置いてもらったほうがいいかもしれない。

イルドは、ゆっくりとフジコを撫でている。

「フジコ殿は、遠吠えはしないのかい」

「……します。それどころか、狼の姿に戻って駆け回ります。特に満月のときはだめですね」

「そうか。まだ小さいからな。本能が勝っているのだろう」

「イルド様も、走り回りましたか？」

イルドは笑った。

「そうしたい気持ちはあったが、そこまでの元気はなかったよ」

フジコは、ありがたいことに元気いっぱいだ。狼姿で走り出したら、止められる自信はない。

「王都で狼になって疾走は……――まずいですよね」

「そうだね。みんなを驚かせてしまうね。そこで、どうだろうか。いい機会として、南に行ってみるというのは」

「狼たちのところに、ですよね？」

「ああ、そうだ。ルドヴィクスとともに」

来た。ルドヴィクス。

その名前を聞くと、ナナキの気力は一息にすくんでしまう。自分でもよくわからないむずむずするような感情に、どうしようもなくなる。

「そんなに、渋い顔をしなくても」

「ごめんなさい。反射的にこうなってしまうんです」

わかってる。これは、避けようがない問題だ。そろそろ来るかもとは思っていた。

「それで、ちょうど、ルドヴィクスを呼んでおいたんだ。打ち合わせをしたいと思って」

ナナキは「う」とうめいた。イルドはにこにこしていて、優しげだけれど、食えない男だ。

これも、想定済みなんだろう。

イルドがフジコに遠慮しながら手を軽く叩くと、隣室のドアが開いて当のルドヴィクスが入ってきた。ぶわっとナナキの全身に鳥肌が立った。

相変わらず、すかした男だ。けれど、イケメンだ。

「久方ぶりですね」

そう言われると、首の後ろがざわざわする。

ルドヴィクスと警護の騎士を文字通り煙に巻いて逃げた、あの日以来になる。煙攻めにした罪悪感が、ナナキをちくちくと苛んだ。謝ろうかと迷ったが、結局、口にしたのは「そうですね」という素っ気ない言葉だけだった。

「あのときには、驚きました」

そりゃあ、そうだろう。王都とその周辺を見学させていたはずのつがいに、煙で目潰しされて逃げられたんだから。なんと答えればいいのか、わからなくて困る。

コンビニ店員だったら、「いらっしゃいませ」とか、「お箸をおつけしますか」とか、定型文があるというのに、このときにふさわしい言葉がなにも浮かんでこない。じっとり冷や汗を掻きながら、自分の足先を見つめていた。

「さすがですね」

意外な言葉に、ナナキは顔を上げる。なんで褒めるんだ。皮肉なのか？　だが、ルドヴィクスからは、そういう気配は感じられない。まじめに彼は言った。

「自らの力で狼の友となられた。女神のお気に入りの狼と、祝福されしあなた、双方は強い絆で結びついているのでしょう」

なに言ってんだ。こいつ。本気なのか。

「たまたまです。狼が南下するときにたまたま、フジコがケガをして、たまたま、近くにいたからです」

ルドヴィクスが笑っている。

「狼の直感にたまたまはないですよ。恐ろしいほど、鋭い。あなたは、狼に選ばれたのです。私は、アルファの盟約を取り戻すために、狼たちに会いに行くつもりです。そのときに、フジコ殿とあなたにご同行いただけたらと思います」

「でも」

「フジコ殿を南に連れて行きたいと、私の騎士に伝えたそうですが。相違ないですか？」

「ないですけど。でも」

ルドヴィクスは、重ねて言った。

「同じ馬車とは言いません。私は、騎馬で行くつもりです。どうせ行くなら、護衛の都合もあります。みな揃ってのほうがいい」

「それは……」

理論で武装されてしまうと、まずい。自分がただわがままなだけの人間に思えてくる。

「これから季節が進めば、王都近くにも雪が降ります。そうなっては、南下は難しくなりましょう」

「ふにゅ……？」

フジコが目を覚まして、むくりと起き上がった。

ルドヴィクスはフジコに言った。

「初めまして。私はルドヴィクスだ」

フジコが、ルドヴィクスのほうをじっと見ている。そういえば、フジコはルドヴィクスと会うの初めてだったな。きっと隠れてしまうだろう。そう思ったのに、フジコはベッドからぴょんと飛び降りると、ルドヴィクスのところまで行って、彼をじっと見上げた。ルドヴィクスは腰を屈めると、彼女のことを抱き上げた。フジコは、なされるがままになっている。

「ようこそ、フジコ殿」

フジコは、首をかしげた。

「るでぃ？」

「そうだ。これからは、ぜひ、そう呼んで欲しいね」

フジコが懐いている。あのフジコが。それが、ナナキには意外だった。これは、ルドヴィクスが「狼の友」であるからなんだろうか。

イルドが手を挙げた。

「頼みがあるのだ。私もともに、連れて行ってほしい」

イルドは身体が弱くベッドから出られないと聞いたのに。

「我が身は病弱ゆえ、この王宮から動けない。だが、フジコは魔力を持っている。さらに、ルドヴィクスは私の友だから、てきとうな依り代さえあれば、繋がれるだろう」

ちょっと待って。この場合、電源が魔力でフジコ、そして、中継基地がルドヴィクスってことか？　じゃあ、依り代は携帯電話？

「依り代は、形が似ているほうがいいのだが」

　ルドヴィクスの手から、ぴょんとフジコが飛び降りた。それから、ベッドに這(は)い上がると、そこに残してきた、祭りの賞品である白銀の狼ぬいぐるみを「こえ」の声とともに差し上げる。

「あー」

　まさに、ぴったり。全員が納得した。

■20　夢　その二

ナナキは、夢を見ている。
あの人の夢。
だが、その顔を見ることはかなわない。抱き寄せられ、ぬくもりを感じるだけ。
そして、「やっと会えた」と言われて、嬉しいだけ。
どうしてだろう。顔を見るのが怖(こわ)いんだ。
見たら最後だって思うんだ。

■21　旅の直前

南への馬車旅を数日後に控え、ナナキは自宅二階の工房で、忙しく立ち働いていた。薬草を干したり、指示書を出したり、レシピをまとめたり、やることはいくらでもあった。だが、肝心の旅支度は進んでいない。

原因は、ルドヴィクスにある。

「なんでなんだ……」

あんなに、辟易（へきえき）していたルドヴィクスだったのに。なんだか、そこまで反発心が起こらなかった。特にすごく好きじゃないけど、めちゃくちゃ嫌いでもなかった。

それは、別に悪いことじゃないのに。それはそれでもやもやするのだ。まったく、どこまでいっても、ルドヴィクスはナナキの気持ちを逆撫でする。

そんなとき、工房をラティスが訪ねてきた。「ナナキ」

「ラティス様！」

ナナキはラティスに駆け寄る。

――えーい！

自分でも大胆だと思うんだけど、胸に飛び込んでみた。

「どうされました？　ナナキ殿」

「これから、旅をするので。少し、心細いです。ラティス様はついてきてくださらないのですか」

「私は、王都での任務がありますので」

フジコもまた、ナナキのまねをしてラティスに身体をぶつけてくる。足下でころころしているフジコをラティスは抱き上げた。フジコは首をかしげると、「るでぃ」と言った。

「違うよ。ルドヴィクスは王宮。ぜんぜん違うだろ」

ナナキは自分でも驚くほどに強い言葉で、フジコをたしなめた。フジコは「？？？？」というような、腑に落ちない顔をしていたのだが、「そう言うなら、そうか」というようにうなずき、「らてぃ」と言い直していた。

ナナキは気持ちを吐露してみる。

「馬車旅に行きたくないなあ。ルドヴィクスといると気詰まりだし。それに、行ったら、フジコとはお別れかもしれないし」

「すっかり、フジコ殿に情が移ったようですね」

「そう、ですね。俺、この子のために、がんばってきたから。なんか、気が抜けちゃうでしょうね」

「それなら、ともにいてくれるように、頼んだらどうでしょう？」

ナナキはラティスが抱いているフジコの顔をのぞき込む。それから、くっと唇をかみしめた。

「だめ。だめですよ。そんなのは、だめ。フジコだって、本当の両親の元に帰りたいだろうし。あー、もう、行かなければ悩まなくてもいいのに」

「そのようなことを」

ラティスは少々、あせったように見えた。

「私からも南への旅に行かれるよう、お願いしたいです」

ナナキの顔がけわしくなった。

「それって、ルドヴィクスから頼まれたんですか？　そうなんですよね？」

ラティスはフジコを下におろした。両手でナナキの手を摑む。

「違う。ナナキ。私は、そなたを気に入っている」

いきなり、どうしたの。なに言っちゃってんの？

やばい。ラティスに手を摑まれて、そんなことを言われて、心臓がどきどきして、もう、あまりものを考えられない。

「これが、恋しいという感情なのかもしれない。だが私は、主君が後悔しているのを知っている。主君に弁明する機会だけでも、与えてやってくれまいか。ルドヴィクス陛下を選ぶなら、それはそれでいい。もし……――そのうえで、私を選んでくれるならば、そのときは……――」

わあああ。ナナキは自分の顔が真っ赤になっているのを感じた。

それって、もしかして、愛の告白？　それに近い？　そう思っていいの？

「わかった、わかったから。行くから。離して。手を離して。心臓がやばいから」

ラティスの手が離れる。

「一応、行くけど。でも、ルドヴィクスとの仲直りは、あんまり期待しないでよ。それで、ラティス様が俺のことを考えてくれるの、忘れないからね」

「ああ、行ってくるといい」

ほんの少し。少しだけ。ナナキは考えていた。

どうしてかな。自分はラティスを慕っている。けれど、それは、ふんわりとした思慕だけで、それ以上にはならないんだ。

それは、ルドヴィクスがいるからかな。その運命とやらを引きちぎることができれば、新しい局面が見えるのかな。

■22　馬車の旅

ナナキは複雑な気持ちを抱いたまま、王都ローゼリムを出発した。

ナナキとフジコ、そしてイルドぬいぐるみは馬車に乗り、ルドヴィクスは馬に乗っている。

王都ローゼリムからは、いくつかの街道が走っている。南に向かう街道を馬車と護衛の騎士と荷車を連ねて行く。往復で五日ほどの旅になり、途中は宿屋に泊まることになる。

馬車は静かで、ナナキは一日中、ぼんやりと外を見ていた。フジコしか話す相手がおらず、少々退屈し始めていたころ。

ナナキたちが一晩泊まった宿を出発してしばらくして、空がかき曇り、雨が降りだした。秋がかなり深くなっている。雨はひどく冷たそうだ。休憩のときに馬車の扉が開かれた。背後の馬車に乗っていたリリサが、首を突っ込んでくる。

「ナナキ様。こちらにルドヴィクス様を同乗させていただいてもよろしいでしょうか。このままでは、濡れてしまいます」

「えー」

ナナキは不満の声をあげる。ルドヴィクスを同じ馬車に乗せるなんて、いやだ。彼は馬に乗って同行するというから、この旅を承知したのだ。

リリサのうしろからルドヴィクスが言った。

「いいよ、リリサ。私は大丈夫」

「とんでもございません。私どもの馬車をお使いください、ルドヴィクス様。私どもは馬車を出て、あとから走って行きます」

あーもー。リリサなら、やりかねない。ナナキはしかたなく、「どうぞ」と返答した。ルドヴィクスはナナキの前の席に座った。

「ありがとう」

まさか、これもルドヴィクスの策略じゃないだろうな。公王が祈ったら、雨が降るとかないのかな。いくらなんでも、それはないか。女神の加護が薄れているって言ってたし。

むすっとナナキは答える。

「しかたないよ。リリサだったら、ほんとに走りかねないもの」

「うん。しょうがないよね。私は公王にしてアルファ候補。私に何かあったら、実質、この国は滅ぶことになってしまう。私個人にどうこうではなく、国民として気遣ってくれているだけだよ」

なんで、こんな話を自分に向かってするのだろうか。

かつてのルドヴィクスだったら、内心を打ちあけるような話は一切しなかった。弱みを見せるなど、考えられなかった。

「なんか、調子狂うな」

ルドヴィクスは笑っているけれど、以前のように、こちらに媚びるような笑みではない。

「ある人に、注意されたんだよ。あなたに交換条件とか、地位とか名誉とかを見せてもしょうがない。それより、本当のことを伝えなさいって」

きっと、ラティスだな。彼と約束したのだっけ、ルドヴィクスに機会を与えると。まあ、そんなことをしても。まさか自分の気持ちが傾くことはないって思うけど。

「本当のことって、なんだよ」

「まあ、それはおいおい」

なんだろう。いい匂いがする。薔薇の香り。懐かしい香り。この匂い自体は嫌いじゃないんだよな。これに化粧とかの匂いが混じっていたから最悪だっただけで。

「いや、待てよ」

なんか、ルドヴィクス以外の匂いがしている。これは?

「いい匂い！」

かたわらにぬいぐるみを置いたフジコが、しきりと鼻をうごめかす。

「ああ、わかってしまったか。ここに雨宿りをさせてもらったのは、これを渡したくてね」

そう言って、ルドヴィクスは懐から油紙に包まれたものを取り出した。

「こ、これは……！」

「まだほんのり温かいな。さきほどの宿で、馬車の中で食べられるようにと作ってもらっていたんだ」

受け取り、匂いをかいで、ナナキは驚嘆した。これは、知ってるぞ。

「肉まん……？」

「宿の名物でパン生地の中に、香草で風味をつけた挽き肉を入れ、蒸し上げたものだ」

それは、肉まんだ。懐かしい。懐かしすぎる。かつては毎日のようにお目にかかっていたものだ。レジ横のホットケースで温め続けて、トングをカチカチ言わせながら、紙にくるんだものだ。

「フジコも。フジコもー！」

しきりとフジコが手を出してくるので、ナナキは二つに分けた肉まんの片方を彼女に持たせてやった。彼女は手づかみで、上手にそれを食べる。ナナキもご相伴に与った。

「おいしい」

「そうだろう？」

ルドヴィクスは、満足げに自分たちを見ている。

いや、肉まんに罪はないだけで。別に、ルドヴィクスをどうこうってわけじゃないんだから。だが、現金なもので、口に溢れる肉汁と、慈しむように自分たちを見ているルドヴィクスに、気持ちがプラス方向に向かってしまう。

――なんだよ、これ。

顔だけは気難しげにして外を見ていると、やがて雨がやんできて、空は果てのほうから明るくなってきた。もう、馬に乗っても濡れはすまい。けれど、ナナキはルドヴィクスを追い出そうとはしなかった。

――もう少し、ちょっとだけなら、近くにいても、いい。そこまでは、イヤじゃないから。

追い出したら、かわいそうだから。

そう、思ってしまったのだ。

『この国は、東西南北、早馬を継げばなんとか一日で踏破できるほどの大きさだ』

知らない声がしたので、ビックリしたのだが、それは、フジコの隣に置いてあるぬいぐるみからしていた。イルドが、ぬいぐるみを依り代にして、話をしているのだった。ぬいぐるみイルドは、とうとうと解説してくれた。

『人口は百万人ほど。その四分の一は、王都ローゼリム周辺に集まっている。王都ローゼリムは北の端に近く、東は三日月の森になり、南は風の丘となっている。主要な産業は農業。ほか、良質な鉱石が採掘できる鉱山も中央近くにあり、それを加工する職人たちの町もある』

小麦、ブドウ、オリーブなどを産し、畜産もさかんで、この国の国民たちは飢えることを知らない。それは、以前にも聞いたことがある。

「西側だけが、別の国に接しているんだよね」

ナナキの脳裏には、祭りのときの創世の劇が思い浮かんでいた。あのときの狼たちと人々は、西の国を追われて、ここまで逃げてきていた。

『そうだ。この土地は、大地の女神デアの加護ある地なのだ。他国と違い、この国の中では、魔力が豊富にあり、それを利用することができる。なので、奴隷を使う必要がない』

なるほど。元の世界では動力として人力が必要となった。つまり、かつては奴隷がいた。この国には魔力があったため、それがいらなかった。

ルドヴィクスは前に身を屈めた。

「その、女神の加護を受け、栄えていたこの国が、どうしてこのように危機に瀕したのか。あなたには知っていて欲しい」

ナナキと身体が近くなる。金髪がさらりと前に垂れる。金糸のようだ。ルドヴィクスは、「愚劣王(ぐれつおう)の大過」について、教えてくれた。

「私の祖先が、狼の子を矢で射貫いて殺したんだ」

それを聞いたナナキは総毛立った。

ナナキは異世界人だ。だから、この国にいる狼たちのことをよく知っているとは言いがたい。そんなナナキだけれど、それでもわかる。狼たちが、必死になってナナキにフジコを託したこと。そして、イルドをルドヴィクスに託したこと。

「なんで、そんなことを」

「思い上がっていたんだろうな。人は、狼よりも上だと。それを、証明したかったんだろう。もっと、謙虚になるべきだったのに」

ルドヴィクスの声には怒りが滲(にじ)んでいた。

「女神デアは、人間に罰を与えた。それ以上の加護をとりやめたんだ。溢れんばかりにあった大地の女神の加護は、少なくなっていった。午後には、その証拠が見られるよ」

証拠……?


昼過ぎ。街道から離れ、ナナキたちは西へと向かった。ルドヴィクスは当然のように、同じ馬車に乗っている。ナナキももう、なにを言う気もない。

「国境があるのが、わかる?」

手をかざしてよく見てみると、曇り空の下、ずっと低い壁が続いていて、わずかに光を発していた。

「光ってる……?」

「うん。壁は、わかりやすいように目印として建てただけ。真の国境はあの光だよ。ほかの国々はしょっちゅう国境が変わるけど、ローザ公国のそれは、不動だ」

「あの向こうは他国なんだよな」

「そう。ランバルドになる。ランバルドは軍事国家なんだ。戦いが長引くと、農民が兵士として駆りだされ、土地を世話するものがなくなり、畑も森も荒れる。食糧が不足する。そうすると、他国から奪おうとする。西のランバルド国は、ローザ公国の豊かな小麦やブドウやオリーブオイルや羊が欲しいんだ」

まさしく「自分のものは自分のもの。他人のものも自分のもの」。だめじゃないですか。ランバルド国。

「これから先は、少々道が悪くなる。つかまってて」

自分たちが走っているのは、石で作られた道なのだが、ここらはあまり手を入れていないらしく歪(ゆが)んでいたし、ところどころには草が生えていた。

馬車が止まった。道の脇には村だったらしき集落がある。

「このオネア村は、もとは宿場町として栄えていたんだ。だが、このつきあたりの門から、秋になると敵が攻めてくるようになり、すっかりさびれてしまった。……おりて、少し歩こうか」

そう言われて、ナナキはうなずいた。警護の騎士が離れてついてくる。

村には、何軒か宿屋もあったし、食堂も酒場もあった。もとは旅人の宿泊地として、おおいに栄えていたのだろう。だが、今はどこも扉を閉ざしている。鶏小屋に餌が残っていたし、畑にはクワが刺さったままだった。

登り道を行くと、見晴らしのいい丘の上に出た。

「三年前に、大きな戦いがあって、さらに女神の加護が薄まってしまったんだ。そのせいで、今は土地が痩せて、国境がほら、へこんでいるのがわかるだろう」

言われてみると、国境の光が一カ所、「凹」のようになっている。

——ここが、サンチョたちの、元いた村。

土地は荒れ、木々は枯れ果て、家畜の姿もない。王都近くの豊かな牧草地や畑とはまるで違う。加護がないというのはこういうものなのか。西門から敵が攻めてこなかったら、サンチョとネリーはきっと、この村で結婚していたはずだ。

収穫祭を、ナナキは思い出していた。豊かな大地。恵み。そこで、あのように幸せそうだった人たち。加護が尽きるとは、あれらの場所がすべてこのように枯れ尽きることだ。自分の責任は思ったよりも重大らしい。

「我が国の国境はずっと加護に守られてきたからね。三年前、初めて国境を侵されたときは、どうなるかと思ったよ。敵は一万。味方は千。しかも、ほとんどが国境警備隊であって、戦闘を生業（なりわい）とする者はほとんどいなかった。女神の加護が発動したおかげで有利に動け、かろうじて勝利したけれど」

ナナキは、四つ辻で妙に刺客の動きが鈍かったのを思い出していた。

——あれは、もしかして、加護だったのかな。

ここでの戦いでは、つまり、敵への弱体化、および味方への能力強化がかかったってことでいいんだろうか。そのため、このあたり一帯の加護の力を使った。本来なら、すみやかに復旧するはずだが、この国自体が弱っているため、加護は増えず村を捨てざるを得なかった。

「あのときは、ほんとうに危なかった」

しみじみ言われると、違和感がある。

「でも、あなたは、なにもしてませんよね」

あのとき、戦ったのは、ラティスだったはずだ。ルドヴィクスではない。侮辱されたのに、ルドヴィクスは怒らなかった。それどころか「そうなんだよ」と言って微笑んだ。

ナナキは面食らう。

「でもね、『お飾りの公王』と呼ばれるくらいがちょうどいいんだよ。女神の加護が少ない、力のない公王が強権を発動させると、反動があるからね。大臣職なんかは、派閥が偏らないようにしている。断りづらい相手に頼まれ事をされたときも、一応会議を通して否決された形にしている。権力が集中せず、相手の体面を守り、釣り合いが取れていることがだいじなんだ」

へらへらした女好きの馬鹿殿だと思っていたが、ルドヴィクスはルドヴィクスで、いろいろ考えているらしい。ほんの少しだけ、ナナキは彼を見直した。

「国の内外からある、結婚の申し出対応も慎重にしないと、言質(げんち)を取られてしまうからね。

かといって、あまりにきつくあたっても角が立つ。困るよ。俺にはもう、心に決めた人がいるから」

なんだって？　心に決めた人がいる？　自分につがいになれとか言ってきたくせに？　ざわりと不快感が胸の奥に吹き荒れたのを感じる。

やっぱり、ルドヴィクスはルドヴィクスだ。こいつのことが嫌いだ。

「へー、そんな人がいるんですか。へー」

「ああ」

「じゃあ、すぐに結婚すればいいじゃないですか」

知らず、声は咎める響きを帯びていた。

「そうだね。そうしたいところだね」

「応援しますよ」

ナナキは両手をぐっと握りしめた。

うん、これはいいことだ。

ルドヴィクスが好きな相手と結ばれたら、自分は王配にならなくていい。つがいとならなくてもこの国の加護を取り戻すことができれば、ここに来た目的を達成できる。ラティスともラブラブになれる可能性がある。

「それは、心強いな。ありがとう」

かなり馬車から離れたところまで来てしまった。

「帰ろう」

そのときに、納屋の中から、いきなり複数の男たちが飛び出してきた。護衛を遠ざけていたので、不意を突かれたルドヴィクスは応戦する。

「私から離れないで」

ナナキはルドヴィクスにかばわれる形になる。ナナキにできることは、ルドヴィクスの邪魔にならないようにするだけだ。お飾りの公王を自称していたくせに、ルドヴィクスの剣さばきは見事だった。

相手の男たちの剣を、あとずさりながらかわしている。

「だれか！　だれか来てください！」

ナナキは声を張り上げる。それに反応したように、男の一人がナナキに剣を振るおうとした。男が悲鳴を上げた。いつの間にか小さな黒い狼がすぐ近くに来て、男たちの足に嚙みついたのだ。

「フジコ！」

護衛の騎士たちも集まってくる。男たちは、分が悪いと思ったのか、村の奥に逃げていく。

ルドヴィクスが剣をしまって、彼らの去ったほうを見た。

「無頼者の類いが住み着いたか。それにしても、どこから来たのだろう。国境はもはや役割うだった。

そうつぶやくルドヴィクスは、悲しげだった。国境が薄れているのを惜しく思っているよ

そういえば、最初のころ、王都を見せたルドヴィクスは、誇らしげだったな。

ルドヴィクスは、ルドヴィクスなりに、できる限り、国を守ってきたんだ。

——この人が近くにいると、俺の気持ちが忙しくて困る。

そう思いながら、なにげなく彼を見たナナキは声をあげた。

「ルドヴィクス、血が！」

袖が切り裂かれ、血が出ていた。

「ああ、そうだな。まあ、放っておけば止まるだろう」

「なに言ってんだよ。毒かもしれない。そうじゃなくても、ばい菌が入ったら大変だろ。馬車に帰ろう。手当てするから」

臨時の天幕が張られた。そこでまずは、傷を水で洗い流す。

森の中に入っていくと、目的の薬草はすぐに見つかった。真冬以外には生えている草で、春の花の咲く時期に採取するのが一番なのだが、今の時期でも充分に効果を発揮するはずだ。

指先で葉をすりつぶすと、傷の箇所に貼りつけて、その上から布を巻く。

「いい手際だな」

「俺は、もともとは、医者志望だったんだ」

布を巻き終わると、「これでよし」とナナキは満足そうに言った。ルドヴィクスが自分を見ている。

「なに？」

「初めて自分から私にふれてくれたと思って」

なにを言っている。ナナキは頬を膨らませる。

「ケガしたんだから、しょうがないでしょ。それに、そういうことをおっしゃるのは、心に決めた方に不誠実ですよ」

ナナキは、そう言った。そうだ。ルドヴィクスはいい加減だから、いやだ。嫌いだ。せっかく、見直したところだったのにまた彼の評価が下がってしまった。やっぱり、ルドヴィクスはルドヴィクスだ。だが、ルドヴィクスはとびきりの笑顔で、こう言ってのけた。

「私が好きなのは、あなただよ」

「は？」

「あなた、一人だ」

どきりとした。いやいや、結局、最初にいきなりつがいだのなんだのと言ってきたときと同じだ。相手の気持ちなんて、お構いなしなんだ。

文句を言ってやろうと口を開きかけたナナキだったのだが、ルドヴィクスのヘーゼルの瞳をまともに覗(のぞ)き込んでしまった。緑と茶色。森の中で感じた、木漏れ日と土の匂いを思い出させる。この国の色。

その目が真剣だ。くそっ、なんだ、この動悸(どうき)は。どうして、頬が熱くなるんだ。

「くっ」

ナナキは、彼の腕を軽くつねりあげた。

「いたっ」

「俺は、そういうのに慣れていないんです。からかわないでください」

「からかっているつもりは、ないのだけれど」

彼は、苦笑しながら言った。

「私のことを、考えてみてほしいな」

「考えないです」

形だけは怒っているふりをして、ナナキは水で手をすすいだ。

まったく、油断も隙もありはしない。ナナキは怒っているふりをしていた。だが、それは、あくまでも「ふり」であることを、ナナキは己でわかっていた。好きだと言われても、以前のように虫ずが走るほどイヤだとは、思えなくなっていた。

それどころか、むしろ……――どこか、むずむずするような、小躍りしたくなるような……――なんだか、そんな気持ちになってしまうのだ。秋は深まるばかりなのに、春が来たかのような心地だった。

おかしいな。

自分がときめいていたのは、ラティスのはずだ。なのに、なんで、こいつにこんなに心を動かされているんだ。

■23　狼たちとの再会

南の果ての地に到着したのは、西門を訪れた翌日だった。

森の向こうの丘に狼たちはいるらしい。だが、護衛の騎士や使用人たちは及び腰だし、馬も狼を怖がってそれ以上進まない。なので、ナナキとルドヴィクスは、フジコとイルドぬいぐるみを伴い、自分たちの野営分の荷物を持って、歩いていった。フジコが、遠吠えをすると狼たちがわしゃわしゃとやってきた。

彼らは、イルドを中心にしてはしゃいでいる。なにか話しているようだが、よくわからない。

「ど、どうしたの？」

イルドが話してくれた。

「私の一族だ。長く帰らなかったので、心配していたらしい」

フジコは、ナナキの腕の中で、伸び上がるようにして遠くを見ていた。彼女と同じ、小さい狼たちが、近づいてくる。フジコは飛び降りた。

「フジコ？」

彼女は狼になると、たちまち、群れにまぎれてしまった。彼らと森に向かって走って行く。

振り返りもしない。

「フジコ……」

「さよなら」さえない、あまりにあっけない、別れだった。もうちょっとは、感傷とかためらいとか、あってもいいんじゃないのか。

「まあ、しょうがないよな……。狼なんだもんな……」

フジコらしいといえばフジコらしい。やがて、成人狼たちのうちの一頭が近づいてくると、人の姿になった。農民のような、簡素な服を身にまとった姿だった。

「まんずまんず。ようこそ、ルドヴィクス公王陛下。そして、そのつがい殿」

いや、俺はつがいでは……――と言おうとしたのだが、ルドヴィクスに手で止められた。

「わしらは、子どもがあまり生まれんでな。だから、生まれた子どもは、それはそれは大切にする。みんなで、育てる。だからよ、『ぐれつおう』んときはつらかったべな。人間なんて、でえっきらいじゃと思ったずら」

聞き取りづらいのは、もしかして人との交流を閉ざしていたせいで、言葉を発していなかったからかもしれない。ルドヴィクスが言った。

「祖先にかわり、謝罪する。すまなかった」

「おんしがイルドと名づけたんは、身体の弱い子だったべな。あのとき、おんしに預けなければ、北から南へ移動することもできんで、おっ死(ち)んでいただろうがや」

彼は、ナナキを見た。

「そいから、おまえがフジコと名付けた我が娘。好奇心旺盛なあの娘もまた、人間に助けられただす。これを恩として、わしらは人間を許すことにしたがよ。アルファの盟約を返すべな」

ルドヴィクスがひざまずいたので、ナナキもまた、それに倣った。男は、ルドヴィクスの頭にふれた。きらきらした輝き、国境のものに似た光が彼を包む。ルドヴィクスの左の手の甲に、封蠟のように赤い痣が現れた。狼は、言った。

「わしらとつながるためには、そなたたちは真につがいとならねばならね。そのときにこそ、加護は戻るがな」

つがいにはならないと、ナナキは宣言しようとしたのだが、ルドヴィクスに今は静かにとまた合図をされ、口を閉ざした。言いたいことを言ってしまうと、男は再び狼の姿に戻り、用は済んだとばかりに去って行った。

「よかったね。盟約が戻って」

「ああ。あなたのおかげだ。ありがとう」

「そんなことないよ。こちらこそ、フジコを無事に送り届けることができたよ。……ありがとな……」

立ち上がると、ナナキはルドヴィクスに背を向け、フジコが走り去っていった方向を見た。

「やっぱりさ、家族がいいんだよな。まだ、あんなちっこいんだもんな」

いいことをした。正しいことをした。そう思っているのは真実だ。なのに、フジコの薄情者、置いて行かれたという、どうしようもない気持ちが湧いてきてしまう。

最初はふたばにそっくりだから、妹が帰ってきたような気持ちになって、接していた。だが、二人で森で暮らし、祭りに行き、王都での生活を始めて、もうすっかりとフジコはいて当然の存在になっていた。だが、フジコにとっては違うのだ。

「ここが、フジコの居場所なんだよな」

言ってから、自分の言葉に泣きたくなった。フジコは去ったのだ。もう、帰ってこない。涙がにじみそうになって、ナナキは驚く。

ルドヴィクスが背後から、ナナキを抱きしめた。マントに覆われる。

「なんだよ。さわんなよ」

「こうしていれば、泣いてもわからないだろう？」

「泣いてなんか、ねえよ」

ナナキは抗ったが、ルドヴィクスの優しい力の入れ方の前に屈した。決していやな気持ちではない。甘やかされるのは、心地いい。うっとりするほどだ。

――ルドヴィクスとこうしていても、嫌悪がないなんて。

どうしちまったんだ、俺は。けげんな気持ちで、背後を見やったのだが、ルドヴィクスは先方、フジコの去って行った森のほうを指さした。

「ほら、見てみろ。あそこ」

黒い弾丸のように、走ってくる小さな狼がいた。フジコだ。なにかを口に咥えてきた。盛大に尻尾を振っている。フジコはそれを、ナナキに押しつけてきた。

「え？」

なんだ、これ？　ぬるりとしたそれを、おそるおそる受け取る。ルドヴィクスが確認する。

「鹿の肝臓だな」

しきりとフジコは吠える。どうやら、食べろと言っているらしい。

「ご、ごめん。さすがに生は……」

いったい、どういうつもりなんだ。餞別なのか？　フジコ狼は嬉しそうに尻尾を振るばかりだ。ルドヴィクスが、笑っている。

「ここで火をおこして、食事にしよう」

ルドヴィクスは火口石を使って、火をおこした。ガマの穂を乾燥させたものにまずは火をつけ、次に細かい薪をくべていく。

「ルドヴィクス、意外に手慣れてるんだ」

野外で火をおこすのは、小学校のころ、野外教室でやったことがある。なかなか、火がつかずに最後には先生がマッチでつけてくれた。

「ああ、これぐらいはな」

火が大きくなりはじめると、狼たちはサービスのつもりなのか、獲物をたくさん、持ってきてくれた。

「俺たちはもういいよ。みんなで食べな」

そう言うと、少し離れた場所で、狼たちの晩餐が始まった。ナナキは思わずつぶやいた。

「こんなに獲って、減らないのかな」

「狼は、足が遅いもの、育ちのよくないものを狩る。それで、羊も鹿もイノシシも野生馬もちょうどいい数になるんだ。狼は一夫一婦だし、元々生まれる子が少ないので、増えにくいしな」

「そうか……」

そうだよな。ニホンオオカミは絶滅してしまったくらいだものな。子どもを大切にするはずだ。軽く炙った鹿の肝臓に香草を合わせ、パンにはさんで食す。なかなか、おつな味だった。

日が暮れていく。座ってたき火を見つめていると、「言いたくないなら、いいのだが」と、ためらいがちに、ルドヴィクスが聞いてきた。

「前の世界で、なにかあったのか？　おまえは、さきほど、ひどく心細そうだった……——」

ナナキは驚いた。この人は、ちゃんと自分を見てくれている。ずいぶんと変わったものだ。前には、ナナキを意のままにしようと、駆け引きや取り引きを持ちかけてきたのに。

「うまく、言えるかどうかわからないんだ」

「いい。もし、おまえがよければ、聞かせて欲しい」

今のルドヴィクスだったら、ナナキのこれを知っても、あきれたりしない気がした。

——話しても、いいかな。

だれにもふれさせずにきたんだけど、この人になら、いいのではないか。ナナキは、つっかえながら話し始める。

「前の世界では、俺には十歳、年の離れた妹がいたんだよ」


思いがけずにできた、ふたばという妹に、両親もナナキも夢中になった。それほどにふたばは愛らしい存在だった。

ナナキが中学三年、ふたばが五歳のその日、両親ともに残業で遅くなる予定で、自分は妹と二人きりでいた。その夕方、ふたばが急な腹痛を訴えた。

『にーたん、おなか、いたい』

妹は泣いていた。ぽろぽろと涙をこぼして、訴えていた。

最初はかかりつけの医者に電話したのだが、もう診療時間が過ぎていたので、出なかった。

ナナキは救急車を呼んだ。運ばれた先で「子どもはおおげさに泣くものだ」とあしらわれ、ろくな手当てさえしてもらえず、両親がかけつけた直後に妹の病状は急変して死亡した。

それなのに、医者は話し合いの場で作り笑いをして「まあ、運がなかったんだよ」と言ったのだ。両親は、医療過誤裁判を起こし、長引いた。医療訴訟には時間と手間がかかる。ナナキたちは疲弊していった。

――もう、やめよう。示談に応じよう。

父親にそう言われたとき、ナナキは反対した。

――あの医者は、まったく反省なんてしてないじゃないか。ふたばの苦しみを、思い知らせてやりたい。母さんだって、そう思うだろ。

だが、母は目を見開いたまま、つっと涙をこぼした。そうしながら、笑った。

――ごめんね。お母さん、疲れちゃった。

俺だって、訴訟に勝っても妹が帰ってこないのはわかっていた。

だけど、ほんとに可愛かったから。

心から愛していたから。なにかせずにはいられなかったんだ。

「結局、金でカタをつけたんだ」

和解金で買った家になんていたくない。医大志望だったが、医者なんて信じられない。妹を過去のものにしている両親と、いたくない。

ナナキは実家を出て、バイトをしながら生活していた。深く人とかかわるのは、苦手だ。

まだ、ナナキはふたばを忘れられなかった。いつも、考えていた。

どうしたら、助けることができたんだろう。

あのとき市立病院ではなくて、となり町の総合病院に行けばよかったのかな。なんともないと言われたとき、すぐにほかの病院に移れば間に合ったのかな。

あのときに戻ることができたら……――それでも、やっぱり助けられないんだろうか。そんなことばかり、考えてしまう。

どうしようもないってわかっているのに。


ナナキは言った。

「俺はきっと、馬鹿なんだよな。そう、親戚にも友達にも言われたよ。両親にさえ。忘れろ、いつまで囚われているんだって。でもこれは、大事なんだ。捨てられないんだ」

気がつけばすっかりと日が暮れて、自分たちを焚き火の炎が照らしていた。ルドヴィクスは、静かに言った。

「愚かとは、思わない」

厳かな、低い声だった。それは、ナナキの中に響き渡り、彼の底にある澱んだ水面を揺らした。

――あ……。

そうか。俺、そう、言って欲しかった。それでもいいと断言して欲しかったんだ。

ナナキの澱みは緩んでいく。

「私も父が亡くなったときに、言われたものだ。我を張るな。傀儡(かいらい)の王となれと。名ばかりの王となり、実権は他人に譲れと。だがそれは、父が大切にしていたこの国、狼の国、女神の地、それを明け渡し、滅ぶに任せることだ。私がいつか神世の国に召され父と再会したとき、言い訳ができない。だから、私なりにこの国を守ってきた」

ルドヴィクスは、続けた。

「どのようにつらくても、愚かだと言われても、決してそれをなくすことはできなかった」

ルドヴィクスは、ナナキを見つめる。彼の目に焚き火が映っていた。

「おまえは、愚かなどではない。深い愛を、痛みとともにまるごと抱えて生きることができる、強い男だ。だからこそ、フジコはおまえに懐いたのだろう」

「うん……」

なんでかな。ラティスにさえ言っていないことを、彼には言えた。

そして、ルドヴィクスはナナキのその重たい愛情をそのまま受けとめてくれた。

「そっか。ルドヴィクスも、お父さんを……――」

ルドヴィクスと自分。まったく似ていないと思っていたのに、もしかして、けっこう似ているところがあるのかもしれない。そう思っていると「ナナキ。私たちは、似たもの同士なのかもしれないいな」と、言われた。

どきりとした。

——同じこと、考えてた。

いきなり謝られて、ナナキは戸惑う。

「ああ、すまない」

「え、なに？　今のでルドヴィクスが謝るところ、あった？」

ルドヴィクスは真剣な顔で言った。

「つい、おまえの名前を呼んでしまった。私に名前を呼ばれるのは、好かないのだろう？」

「そんなこと、言ってないだろ」と口にしようとして、そういえば出会ってすぐ、朝食の席での出来事を思い出す。「そんな、前のこと……」と言いかけて、ナナキは口を閉じた。言ったほうは忘れたとしても、言われたほうはずっと気にしていたのだ。

「ごめん。俺が、言い過ぎたよ。あのときは……——ルドヴィクスに腹を立てていたから。いいよ。名前を呼んでも」

「じゃあ、ナナキ」

ルドヴィクスの柔らかい声で呼ばれると、なんだかくすぐったい。ルドヴィクスは聞いてきた。

「ナナキ。後学のために聞いておきたいのだが、あのときはなんであんなに私に腹を立てていたのだ？」

ナナキは必死に思い出す。あれ？　どうしてなんだっけ？　匂い。そう、匂いだ。

「それは……あの……最初に会ったとき、ルドヴィクスが、なんか、くさかったから」

ルドヴィクスがひどく傷ついた顔をした。

「一応、風呂には毎日入っていたのだが。そうか。くさかったのか」

「ち、違う、違う。ルドヴィクスの体臭じゃなくて。ルドヴィクスから、お化粧とか香水の匂いがしてて、それがルドヴィクスからしているのが……すごく、不愉快で……」

ナナキの語尾が弱くなっていく。待て。待って。なんだよ。それって。

そんなこと言ったら、俺がまるでルドヴィクスの女性関係に焼きもちやいてたみたいじゃないか。それで、すねてたみたいじゃないか。

――いや、いやいやいやいや。違う！

「そのあと、被せられた布からも、そういう匂いがしていたし」

――言えば言うほど、どつぼに陥っていく。

そう、なのか？　そうだったのか？　俺は嫉妬をしていたのか。初対面の男に。どうして。

女神か。女神のなせる業か。運命の相手だからか。

「そうか。そうだったのか」

ルドヴィクスは、とてつもなく嬉しそうだった。

反して、ナナキは悶絶している。恥ずかしくてたまらなかった。

「そんなに私が好きか」とか、からかわれたらどうしよう。穴があったら飛び込みたい！

そう思ったのだが、ルドヴィクスは顔を引き締めた。

「あの日は、舞踏会があったのだ。いろいろとしたくもない接待もせねばならなかった。だが、ナナキを不快にさせて、すまなかった。私がそこまで思い至らなかった。今後、そのようなことはしない。だから、許してくれ」

からかわれなかった。ちゃんと正面から、謝ってくれた。今後はしないと言ってくれた。

ナナキの中でルドヴィクスの点数がぐぐっとプラスにいった。

止まらないほどに、天井知らずなくらいに。

ナナキは気になることを聞いてみた。

「もし、ルドヴィクスが加護の力を持ったら、西の国を攻めようとするの？」

ルドヴィクスはひどく驚いたようだった。

「するわけがない。不可能だ。そこは、女神の定めた地ではない。私が取り戻したいのは、あくまでも我が国の加護だけだ」

「そっか。うん……。そっか」

ルドヴィクスは焚き火を見つめ、ときおり薪を足す。この人の手は、剣を握ったり、火をおこしたりが似合う、無骨さを持っているなとナナキは考えていた。いきなり彼が、ナナキのほうを向いた。いいことを思いついたというように、ルドヴィクスの目はキラキラと輝いている。

「ナナキ。おまえ、医師になったらどうだ」

「いきなり、なに？」

「いい考えだと思ったんだが」

「俺のいたところでは、大学に合格して、数年間勉強して、さらに修業しないとなれないんだけど」

「めんどうなんだな。この国では、ギルドに入り、女神デアの前で誓うだけだぞ。ナナキは薬を作るのがうまいし、まじめで優しい。よき医師になるだろう。なんだったら、宮廷医師を紹介しよう。名医と名高い医師を招聘してもいい。向こうとしても、女神のギフトや異世界の医術には興味があろう」

ルドヴィクスは心からそう言ってくれているらしい。ナナキは嬉しくなった。

自分の望み、自分の希望。かつて、自分が携えていた明るい期待のようなもの。それを、彼に認めてもらった気がした。だが、それを素直に口にできない。わざと、眉をひそめて、言い放つ。

「ルドヴィクスは、俺のことを知らないくせに」

「まあ、そうだが。この旅の間にそう思ったのだ。……ナナキ」

彼はなにか言いかけたが、狼たちの遠吠えでそれは立ち消えた。

狼たちの、美しい声が響いている。

――なんだろ、これ？

ナナキは自分が、その声に乗って浮かんでいくような錯覚を覚えた。そして、上から自分とルドヴィクスを見ているような心地になった。

さらには、この地の狼と繋がっているような、おかしな感覚がある。だが、それは、途中で途絶えた。

なんだろう。今の。狼ネットワークみたいなのがあった。

「ナナキ？」

「なんか、今、宙に浮いたみたいだった。それで、ルドヴィクスと狼がわかった」

「それは、『加護の網』だ。私たちはそう呼んでいる。それが完成したときに、加護の修復が可能になるのだ」

「きゃん！」という声に振り向いた。近くに、子狼たちが戻ってきていた。フジコの兄弟たちだろう。黒い目が輝いている。

「え、え、なに？」

「撫でてやるといい。彼らは、撫でられるのが好きなんだ」

ナナキは、わしわしと子狼の頭を撫でてやった。やがて子狼たちは、くうんくうんという甘えた声を出して、お腹まで見せてくる。その柔らかい毛に指をうずめてさらに撫でてやる。

「くっ。かわいいなあ」

——それにしても、愚劣王って人は、ひどいな。ルドヴィクスの先祖だけど、許せない。人を信じてこんなしぐさを見せてくれる生き物にひどいことをした、さらにそのせいで、国境は破壊されて、国民は困り、ルドヴィクスはへらへらしないといけなくなったのだ。

「キャウン！」

兄弟狼の間に強引に割り込んできたのは、子狼の姿のフジコだった。「あたしがナナキの一番」だというように、彼女は頭を撫でろと要求してくる。

「そうだね。フジコが一番かわいいよ」

そう言うと、誇らしげに彼女はナナキの手をなめた。そして、いつもの少女の姿になると、「にーたん、かえろ」と催促した。

「帰る？　ここにとどまるんじゃないのか？」

フジコはきょとんとした顔をした。ナナキはつけ加える。

「ここには、おまえの家族がいるだろ。お父さん、お母さん、そして、兄弟」

「フジコ、とーたんとかーたんとにーたんたちに、あった。げんきってゆった。みんな、よろこんだ」

フジコにしては、長くしゃべった。

「ななきとかえる」

用は済んだというように、焚き火のそばにあったイルドぬいぐるみを持つと、ナナキの手を握る。

「そっか。うん。そっか。帰ろう。うん、帰ろう」

ルドヴィクスが、静かに穴を掘って火を埋め始めている。ルドヴィクスが「よかったな」というように、ナナキを見た。ナナキはフジコを抱き上げた。相変わらず彼女の体温は高く、ナナキを芯から温めてくれた。

「ありがとうな、フジコ。にーたんはうれしいよ」

帰りには、ルドヴィクスは当然というようにナナキたちの馬車に同乗してきたし、ナナキはそれを当たり前のように受け入れていた。

「実り多い旅だったな」とルドヴィクスは言い、ナナキもそれに賛同した。

そう、せざるを得なかった。

■24　馬車旅のあと

――こんなことってあるか？

ナナキの心の中は、ずっとそのフレーズが響き続けている。こんなこと、あるのか？

馬車旅で、ルドヴィクスといて、楽しかったなんて。

「ナナキと加護の練習がしたい」と言われて、「うん」と言ってしまった。さらに、いつからするんだろうなんて、期待している。

運命の相手がルドヴィクスでよかったなんて、思っている。

あれから、ラティスは部屋に訪れていない。顔を見たら、なにを言っていいのかわからないから、ちょうどいいのかもしれない。


ひとつ、嬉しい知らせがあった。サンチョとネリーに子どもができたのだ。

「わー、おめでとう！　おめでとう！」

「ほんとは、村の人たちにこのことを知らせて、喜んでほしいんだけどね。ぼくたち、なにせ、駆け落ち者だしねえ」

サンチョは残念そうだった。ナナキの脳裏に、西門近くの村がよみがえる。

「ねえ、サンチョ。もし、国境が強くなったら……——そうしたら、サンチョたちも戻れるの？」

「ぼくたちが帰るかどうかはわからないけど、村がまたもとのように豊かになったら、親戚に会いに行けるようにはなるだろうな」

サンチョは前のめりになって、目を輝かせた。

「ああ、そうしたら、どんなにかいいのになあ。この季節、村では麦酒（ビール）を造るんだ。その匂いが、村のあちこちから立ち上っている。西門から他国との行商に行く旅人が、今年も最高の出来だって言う。そりゃあそうさ。あの村の麦酒はローザ公国で一番なんだから。それでね、広場では森でドングリを食べた野豚を焼くんだ。村特産の調味料を使う。そのいい匂いが、街道の旅人の足をこちらに向けさせる……——」

サンチョは肩を落とした。

「……むりだよね……。いつか、せめて、ネリーとの子どもだけでも、こっそり会わせることができたらいいなあ」

ナナキはサンチョの手を取った。

「なになに、ナナキ？」

「俺、がんばる。サンチョとネリーと赤ちゃんが、胸を張って帰れるように」

「うん。そうなったら、いいな。ありがとう」

最初にここに来たときには、この国のことなんてどうでもいいと思っていた。だけど、今は違うのだ。なんとかしたい。サンチョとネリー、ラティス、狼たち、なによりもフジコのために。

それから、悔しいけれど、ルドヴィクスの力にもなりたい。そう思うようになったのだ。

■25　ピザと公王

離宮にあるナナキの私室で、ルドヴィクスと二人、何度目かの「特訓」をしていた。それは、瞑想に近いものであった。二人は、長椅子に並んで座る。

「目を閉じて、呼吸を私に合わせて。加護の網を感じる？」

「加護の網ってあれだよな？　狼ネットワーク。狼たちと俺たちが繋がっている感じ」

「そう。それを完成させることができたときに、真に加護を発動することができる。さ、目を、閉じて」

ふわりと身体が浮く。自分とルドヴィクス、そしてフジコや、イルド、狼たちを感じる。だが、どうしても、そこまでで終わってしまう。ぷっつりと網は途切れてしまう。

「ごめん。俺、また、だめだ」

「あせらないで、ゆっくりやっていこう。私もできるだけ補助をするよ。さあ、もう一回」

加護の網とやらがうまくいかない原因は自分にある。それぐらい、わかっていた。狼たちは……——イルドやフジコにいたっても、その生来の加護によって網に繋がる。ルドヴィクスもまた、アルファの盟約によって繋がっている。

だが、ナナキはうまくいかない。なにかあるのは感じる。だが、それだけだ。

——あと、ちょっとってとこなのにな。

くさくさした気分になって集中力もどこかに行ってしまった。

——ルドヴィクスは、どんな顔でやってるんだろ。

ナナキは薄目をあけた。とたん、息をするのを忘れてしまった。

目を閉じている彼は、窓からの陽に照らされ、まぶしいほど美しかった。髪の一本一本さえ、香気をまとい、きらめいている。神々しいほどだ。まつげが長い。そのまつげが動き、目を開いた。

「あ」

「私の顔が、おもしろいか」

見とれていたのが、バレてしまった。ばつが悪い。

「いやあ、うまくいかないもんだな」

目をそらしたナナキに、ルドヴィクスは言った。

「一つ、方法があるよ」

「なんだ、どんなんだ?」

「やってみる?」

「うん」

ふっと、ルドヴィクスの赤い唇がほころんだ。

「きみが、私のつがいになること」

「……！」

最初っから、そう言われていたけど。それって、そういう意味だって知ってるけど。知識としてはわかっているけど。

今、このとき、ルドヴィクスとつがいとなるための行為を想像すると、どうしたのかというくらいに、恥ずかしくなってしまう。

そこらを、転げ回りたくなってしまう。

ナナキはおおげさに手を振る。

「ナシ。それは、ナシ。それ以外で」

「私のことが嫌い？」

手を取って彼は言う。おきれいな顔を近づけないで欲しい。

こいつは、自分がイケメンなのを知りつくしているから、たちが悪い。

「ナナキ。つがいになるってことは、相手を知ることだよ。つがいになり、オメガの証を得られれば、加護の網に加わることができて、そのときに大地の女神の力は復活する」

「それは、ダメ！」

「どうして？　私は、ナナキのことが好きだよ」

彼が指先に唇をつけた。ぞくっとした。うわーっと叫びたくなった。

あの、日だまりのような瞳が、こちらを見ている。彼が本心から言っていることを悟ってしまう。彼の言葉は、窓から入ってくる中庭の薔薇の香りに似て、自然なものだった。

——そんなこと、言われても……——!

まだ、頭が追いついていかない。

「どうしてって……ダメって決めたから、それだから、ダメ!」

我ながら、理由になっていない。

「残念。こんなに、好きなのに」

ぐっと彼が身を屈めてきた。甘い匂いがする。心臓が大きく跳ねる。体温が近くなる。

「ダメ……——」

ぎゅっと目をつぶった。

ふふっと彼が笑った気配がする。目をあける。

「これ、糸くず」

そう言って、ルドヴィクスが指先につまんだものを見せる。

「糸くず……?」

ナナキの身体から力が抜けていく。こいつ、俺のことをからかったんだ。俺がこんなに煩悶していたのに、この反応を楽しんでたんだ。なんてやつ。もうもう、なんてやつ。

ナナキはすっくと立ち上がった。

「ルドヴィクスなんて、嫌いだから。大嫌いだから」

言いながらも、本心じゃないのを知っている。ルドヴィクスにも知られている。

「そうか。私はナナキが好きだけどな」

――もうもう、こいつ、は―――っ！

ぐっと拳を握りしめると、ナナキはそのまま憤然と、扉をあけて部屋を出て行こうとした。

だが、ちょうど来た侍女とぶつかりそうになる。侍女はお茶とおやつをのせたワゴンを押していた。

なんだろう。覚えのある、匂い。

ルドヴィクスが声をかけてくる。

「ナナキ。今日は、ナナキが元の世界で好きだったという、チーズを載せた薄焼きパンを作らせたんだよ」

「ピザな」

「そう、それ。味見をして欲しいな」

「しょ、しょうがないな」

そうだ。ピザなら、しょうがないだろ。ナナキはできるだけ、むすっとした顔できびすを返すとテーブルについた。香辛料を効かせた薄切りソーセージとタマネギ、香草を具材とし、トマトソースとチーズを載せたピザを食す。

チーズが熱く、とろけて、伸びていく。やばい。おいしい。顔がほころぶ。

「ほんとに、ピザだ」

「おいしい？」

そう言いながら、ルドヴィクスはナナキの前髪をつまんで持ち上げた。「なにすんだ」と言おうとしたが、ルドヴィクスは楽しげだ。いいか、もう。

「まあまあだな。おまえは、食わないのか？」

「たくさん、試食したからね。それに、ナナキがおいしそうに食べているところを見るほうが、満腹になるよ」

「また、そういうことを言う。見られていると、食べにくいんだよ」

ナナキは、ピザをつまむと突き出した。

「ほら」

「え？」

「行儀悪くてすまんな。食えよ。うまいぞ」

ルドヴィクスは、最高の笑みを浮かべて、口をあけた。そこにナナキはぐいとピザのひと切れを入れる。

「おいしい。もう一切れ」

なんて、図々しいんだ。だが、ナナキが口にしたのは、こうだった。

「その、きれいな髪がチーズまみれになるぞ。うしろでまとめとけ」

「そしたら、もっと食べさせてくれるの？」

甘えた声で言ってくる。くそっ、フジコがもう一人いるみたいだ。

「ああ、やってやる」

ルドヴィクスは、侍女に髪をまとめさせると、口をあける。

「あーん」

「しかたねえな」

そう言いつつ、いやな気持ちではない。小っ恥ずかしい、甘い雰囲気が部屋を満たしていた。

まさか、まさか。

こいつのことが嫌いじゃない日が来るなんて。

運命の相手だって認めざるを得ない日が来るなんて。

つがいになってもいいって思う日が来るなんて。

想像もできなかったよ。

■26　ラティスとルドヴィクス

イルドの部屋に、ナナキとフジコは遊びに来ていた。

「ナナキ殿にとって、南への道行きは、実りある旅だったようですね」

イルドに言われて、ナナキはうなずく。

「そう、かも、です」

ふっと、イルドはベッドに身を起こしたまま、笑った。

ベッドの上では、フジコがいつものごとく、興奮して騒いで、跳ねたあげく、眠ってしまっている。そのフジコを、イルドが撫でている。

「私も、フジコ殿と離れずに済んで、嬉しいのですよ」

「あとは……――」

続けようとして、ナナキはそれ以上を口にできなくなってしまう。

あとは、つがいになるだけ。……って、ようは、あれだろ。あれするってことだろ。ルドヴィクスと。

だれとも、そういうことをしたことがないナナキは、それを思うたびに、じたばたと暴れたくなるようなくすぐったさにとらわれてしまう。

「もう、ちょっと待って。そうしたら、なんとか」

「なによりです」

イルドが笑っている。

「あ、ごめん。フジコをあっちに連れていくね。少し、横になったら？」

「ありがとう、ナナキ殿。お言葉に甘えますね」

ナナキは、フジコを抱きあげると、部屋の隅に垂れ幕で区切られた場所に行った。そこに、フジコのお昼寝用ベッドがあるのだ。ベッドにフジコを横たえ、顔を覗き込む。

「ちょっと、お姉さんになったかな？」

そのとき、ノックと同時に人が入ってきた。ラティスだった。

どうしよう。

好きだみたいなことを言っていたのに、今、自分はルドヴィクスといい雰囲気になっている。ラティスと顔を合わせづらい。なんて言ったらいいのかな。

そう思って、息をひそめているあいだに、ラティスはナナキに気づかず椅子を持ちだし、背もたれを前にすると行儀悪く座った。

「なんだ、寝ちゃってたのか？」

彼は、イルドに低い声で話しかけている。その抑揚は、いつものラティスとは違っていた。

ナナキがとてもよく知っている人のものだった。

——まさか。まさか。

心臓がどきどき言っている。こういうの、知ってる。もう、とっくになにかがあって、でも、信じたくなくて。でも、それに、気がついてしまったときだ。

「もう少しなんだ。加護を取り戻したら、そうしたら、イルドもゆっくりできる」

そう言って、彼は仮面を外した。金色の髪が落ちかかる。それは、ルドヴィクスだった。

ルドヴィクスそのひとだった。

——ああ、そうだったんだ。

なんだろう。俺、「やっぱり」って思っている。

もしかしてって思わないでもなかった。

だけど、知りたくなかった。

ラティスのふりして、俺をルドヴィクスに近づけたなんて、そんなの、わかりたくなかった。ラティスに抱いていた信頼や、気にかけてくれた嬉しさや、ともにとった食事、もらって喜んだお土産、祭りの日のこと、心配して駆け寄ってきてくれたのも、すべて、計算ずくだったのかなんて、勘ぐりたくなかった。

フジコを見る。よく寝ている。しばらくは起きないだろう。

ナナキは無言で垂れ幕を引き上げた。

「ナナキ?」

ルドヴィクスが弾かれたように、ナナキを見た。ナナキはルドヴィクスに近づくと、怒鳴ろうとした。だが、イルドもフジコも寝ているし、言葉が大渋滞して出てこない。

彼の顔を両側から挟むと、思い切り、自分の額をぶつけた。鈍い音がした。

「ん……」

イルドが起きそうになっている。ナナキはフジコを抱き上げると、廊下に出る。ルドヴィクスが額を押さえてよろめきながら追ってきた。ナナキの肩を摑むと、壁に押しつける。

「ナナキ。話を聞いてほしいんだ」

ルドヴィクスの顔は真剣だった。

「頼むから」

ルドヴィクスに押し切られる形で、ナナキは自分に与えられた離宮に足を踏み入れる。抱いていたフジコをベッドに寝かせてから、騎士姿のルドヴィクスとテーブルで向かい合う。

「結果的に、おまえを騙したことになってすまない」

「………」

騙した。そうだよな。俺、騙されてたんだよな。

ていうか、見ないようにしてた。

手が同じじゃん。背格好が同じじゃん。身のこなしが同じじゃん。

「いつから、あんたはラティスだったんだ？」

「八年前、かな。ラティスは、私の分身のようなものだ」

八年ほど前。

ランバルドがたびたび西門を脅かすようになった。

その頃、ルドヴィクスは名前と身分と顔を隠して騎士団に入った。そこで剣の腕を磨き、実力を認めさせ、同時に口の堅い騎士をスカウトし、王命の『銀狼騎士団』を作っていった。

「なんで、そんな回りくどいことをしたんだよ。ルドヴィクス自身が直接、騎士団を作ればよかったじゃないか」

「私は、戦いでは表に出たくなかったからね。もし、公王が前線に出たと知られたら、敵は死力を尽くして一点突破してくるだろう。それに、戦いが終わったあとの和平協議も、王自ら出陣して敵を討ったとなると、やりにくくなる」

「じゃ、逆に、わざわざおまえが出なくても、信用できる騎士を集めれば済むことなんじゃないのか」

「私には、イルドがいたから」

ナナキは首をひねる。

「イルドには、女神からのギフト『遠見』があるんだ。そして、近い距離であれば離れた場所にいても私と会話を交わすことができる」

そういえば、馬車で旅をしていたときにはフジコが仲介することによって、ぬいぐるみがしゃべることができた。

「ついに三年前、ランバルドが西門から押し寄せてきたときには、あのオネアの丘にイルドを輿で移動させ、そこから私に戦況を伝えてもらい、指揮を執ったんだ」

つまり、ルドヴィクスが前線で指揮を執る必要があった。

「女神の加護もあり、なんとかランバルドを退けることに成功したが、おかげでまた、国境を狭めることになってしまった」

「なんで、森でラティスの姿で俺の前に現れたんだよ。ルドヴィクスでよかっただろ」

「お飾りの公王が、そんなにひょいひょい外に出るわけにはいかないだろ？」

「それで、おまえは思ったわけだな。この愚かな異世界人がラティスには懐いたから、ちょうどいいやって」

「そう言われてしまうと、身も蓋もない。だけどね、ナナキ。私だって、あんなふうに再会するなんて、思わなかった。ナナキがおそれる様子もなく、崖に近寄ったときは、心底、驚いたよ。見守るだけのつもりだったのに、思わず飛び出してしまったくらいにね」

ナナキには、今でも思い出せた。ラティスの必死な声。自分を引き上げた手。

あのときのラティスの叱咤。それらは、本物だったのだろうか。

少し前なら、あたりまえだと言えただろう。心底、自分を心配してくれたんだと。だが、今は、すべてが芝居だったのではないかとさえ思えてくる。虚実の境目が見えない。

「だけど、あんな、回りくどいことしなくても、よかったんじゃないのか。いつでも、言えただろ。自分がルドヴィクスだって」

ナナキはだだをこねたくなる。なんでだよ。

「俺は、ラティスのことを、好ましく思っていた。あんただって、それはわかっていたはずだ。ラティスに言われたから、だから、祭りにも来たし、馬車旅にも行った。あんたは……——俺の気持ちを、手玉に取ったんだ。あんたがいつもやっている公王稼業同様に、あしらったんだ」

「そうだね。卑怯だったね」

ルドヴィクスは言った。

「だが、万が一にも、あなたにこれ以上、嫌われたくなかったんだよ。あなたを、愛しているから」

「愛……」

それを、恋する者の愚かしさと微笑ましく思える度量が自分にあればよかったのに。今の自分では、とてもそうは思えない。

全部、全部、国のためだったんだ。

結局、ルドヴィクスは、俺の愛なんていらないんじゃないか。欲しかったのは、証とやらで、そのためには俺の気持ちなんて、軽率に扱ってもぜんぜん、平気なんじゃないか。

でも。

ナナキは恐ろしいことに気がついてしまった。

――それは、公王としては「正しい」んだ。

女神が与えたつがい。もしかしたら、この国を救ってくれるかもしれない者。その機嫌を損ねるくらいなら、丸め込んだほうがいい。より、確実に証を得られる。

それは、人としてはとにかく、公王としては頼もしい選択だ。

「ナナキ。約束する。これからは、ナナキのことを一番に考える。嘘をつかない。だから、私を信じて欲しい」

「ごめん。一晩、考えさせて。明日になったら、返事ができると思うから」

「いい返事を、待っている」

ルドヴィクスはそっと立ち上がり、部屋を出て行った。

ナナキはその晩、離宮に泊まった。

目がさえて、一向に眠気が訪れそうにない。

「うん、そうだよな。まあ、しょうがない」

ナナキは独り言を口にする。

建国以来の危機に陥っているこの国で、その鍵となる自分を懐柔するために、ルドヴィクスだって必死だったんだ。そうだ、俺がおとなの対応をすればいい。

あの女神だって、救国のために俺をここに来させたんだ。

そうだ、飲み込め。自分の気持ちなんて。

そう思って、とろりと眠気が来たときだった。カッとナナキは目を見開いた。

――いや、むり。

むりだろ。なに言ってんの。ナナキはベッドの上に身を起こす。

俺は、ルドヴィクスならと、誰にも見せなかった恥ずかしい部分、ずっと抱えていただいじなもの、ふたばの思い出を、さらしてみせたんだぞ。おまえが下心つきで俺を懐柔しようとしていたなら、死んでも言わなかったよ。

――俺の見る目のなさよ。それ以上に女神に訴えたい。なんで、俺が運命の相手なんだよ。呪いだろ、これは。

ふざけるな。

これからは、俺のことを一番に考えるから、信じてくれって、アホか？　どうしたら、信じられるってんだよ。そのおきれいな頭の中に入っているのは、わらくずかなんかなのか？

「ばかにして、ばかにして、ばかにして！」

今だって、謝ったら、なんとかなるとか思ってんだろ。

悔しいことに、今となっては、ルドヴィクスをそこまで嫌いになりきれない自分がいたりする。

「にーたーん……」

ナナキが動いたので、フジコが起きてしまったらしい。

「ああ、悪い」

「にーたん、ねんね」

そう言って、目をこすりながら、フジコがナナキを寝かせようとする。

「ああ、ねんねするよ」

ナナキが横になると、フジコはいつもナナキがしているようにナナキをぽんぽんと軽く叩く。その手が止まったなと思うと、もう、フジコは深い眠りに落ちていた。

フジコの寝顔を見ていると、こいつだけが心から自分の愛を欲し、受けとめ、返してくれたのだと心底思った。裏表のない、純粋な愛情だ。狼だからかな。人も、こんなふうに愛し合えるなら、いいのにな。

「フジコがいてくれて、よかったよ」

ナナキは目を閉じて思う。

結局、自分が譲歩するしかないんだろうな。つまらない人生だ。まったくもって、ままならない。我慢すればいいいんだろ。それで、万事解決だ。

だが、ナナキの内側に流れる大きな流れ、愛情の源泉は彼の意思など関係なく、動き始めていた。どこまでも強固に、頑迷に。


翌朝。ぽっかりと目が覚めたときに、ナナキは考えた。

――しかたねえよな。ルドヴィクスは、公王だからな。そして、自分は女神によってここに招かれたんだ。いっちょ、がんばるしかないだろ。

心はまったく浮き立たない。けど、いやなことだってしなくちゃならないのは、ここも前世も同じことだ。これは、仕事だ。俺に課せられた義務だ。

「ナナキ様。ルドヴィクス様が朝食をご一緒したいと仰せです」

リリサに言われて、支度をしてフジコといっしょに離宮の小食堂に向かう。

ルドヴィクスはもう来ていて、ナナキを見ると、立ち上がった。ちくっとナナキの感情がささくれ立つ。それは、言葉にしたら、『なに、いけしゃあしゃあと来てるんだよ』というようなものであったが、おとななナナキは「おはよう」とだけ言った。

ルドヴィクスの目の下には隈があり、彼が昨夜、煩悶したことがうかがえた。だが、ナナキの挨拶に、ぱっと顔が明るくなる。

「おはよう、ナナキ。ゆうべは、すまなかった」

『ゆうべのことが問題じゃないだろ』とまた、チクチクとした気持ちになる。けれど、ナナキは口では言っていた。

「いいよ。いつかはわかることだったし。気にするなよ」

　ルドヴィクスは安堵（あんど）した顔をした。フジコはすでに手づかみで肉を食べ出している。ナナキはまだ立ったまま、フジコにフォークを持たせ、口を拭いてやった。

　そうだ。俺が飲み込めばうまく行く。

　ほんとうに、心から、そう思ったのだ。けれど、ナナキが椅子に座ろうとしたのを助けようと、ルドヴィクスの手がわずかにふれたそのとき。ぞくっと悪寒が走った。それは、感電時の痛みにも似ていた。ナナキは驚いて身を引いた。

「なんだ、今の……」

　ルドヴィクスが驚いている。

「ナナキ？」

「悪い。近づかないで欲しい。おまえにさわられると、痛い」

　静電気を恐がるにも似た気持ち。ふれないでほしい。きっとまた、痛みが来る。

「ごめん、ナナキ。もう一度、確かめさせて？」

　——いやだって、言ってるのに！

　怒りに似た拒否がナナキを包む。

　ルドヴィクスがそっと手を伸ばしてくる。こわごわと、ナナキの肩にふれる。

「つ……っ！」

ナナキは飛び上がった。

フジコにも、リリサにも、ふれてもなんともない。ルドヴィクスだけがだめだった。

いくらナナキが頭で理解しようとしても、不可能だった。ナナキの奥底に流れる感情の泉、とうとうと流れ続けるそれは、ルドヴィクスを完全に拒み、彼への好感度メーターは限りなくマイナスへと落ち込んでいた。


それからは、大騒ぎになった。

朝食もそこそこに、ルドヴィクスは医者と司祭を呼ぶ。

医者も司祭も、見立ては同じだった。「本人にもどうにもならない気持ちの作用であり、むりに接触を続ければナナキの心を破壊する」と告げられ、ナナキは愕然（がくぜん）とした。

「そんな。あともうちょっとだったのに。加護の網に、繋がれそうだったのに」

ナナキでさえ、そう思ったのだ。ルドヴィクスにしてみれば、それこそゴールが目の前に来たのに、はるか先に逃げ去って行ったに等しいだろう。

ルドヴィクスはナナキを責めはしなかった。

彼が責め、後悔したのは自分の所業にだった。

「何度も、イルドに言われていたのに。いくら悔いても尽きない。欺いていた私を許してくれ。ナナキ」

そんなことを言われても、困るのだ。ナナキ自身は許すと口にすることもできるし、これから再構築すればいいとも考えている。だが、自分のもっとも奥まっているところ。ずっとふたばを抱えてきたところ、ラティスに向かって開かれた場所、ルドヴィクスを好きになった箇所、そこがどうしても「うん」と言ってくれない。己が自由にならないという経験に、ナナキは戸惑っていた。


ナナキは王宮から出ると、町に下る馬車に乗る。

「もう、寒いな」

馬車から降りると、自宅に裏口から入った。ぼんやりと一階のサンチョ商会の様子を見る。サンチョが忙しそうに客に応対している。少しふっくらしたネリーが棚にある商品の説明をしていた。

「ナナキ！」

こちらに気がついたサンチョが手を振ってくれるが、ナナキは彼の目を見ることができなかった。このまえまで、浮かれていたのが、嘘みたいだ。今はサンチョから逃げるように、そそくさと階段を上がろうとする。

「ナナキ？」

どんな顔で彼に応じたらいいって言うんだろう。自分が我慢しさえすれば。そうしたら、万事うまく行くのに。それができないんだ。サンチョをオネア村に帰すどころか、生まれてくる二人の子どもの未来さえ、保証できない。

「待って、ナナキ」

サンチョが追いかけてきて、引き止めた。

「ちょっと、お話ししよっか。フジコちゃんはネリーが見ててくれるよ」

そう言って、ナナキはサンチョが上得意と話すときに使っているという部屋に入れてもらった。そこは、調度品を揃えて貴族が来ても恥ずかしくない部屋になっている。

「いい部屋でしょ。一度、ナナキには見てもらいたかったんだけど、なかなか時間がなくてね。お菓子やお茶もいいものを揃えてるんだよ。はい」

ナナキの前には、さわやかな香りの茶と、干しブドウを混ぜ込んだ洋酒入りの菓子が置かれた。もしかして、ラティスが土産に買ってきてくれたのと同じ店の物かもしれない。そう思うと、いっそう心が重くなった。

「どうしたの、ナナキ。そんな顔して。ぼく、ナナキになにかしたかな？」

ナナキはあせった。

「違うんだ。サンチョはなにもしていない。俺が、ダメなんだ」

「ナナキは、ダメなんかじゃないだろ。うちのお客さんに聞いてごらんよ。ナナキの調合した薬で、痛いところがなくなったり、病気が治ったり。そんな人がたくさんいるんだよ？　いいから、話してみて。気持ちが軽くなるよ」

おだやかにサンチョに言われ、ナナキは内密にしてくれと念を押して、ルドヴィクスとのことを話した。

「そうか、うん。それは、ひどいよね。ナナキがいやんなっちゃうの、わかるよ」

サンチョはそう言ってくれた。ナナキには意外だった。

「俺に加護をなんとかしてくれって思わないのか？」

サンチョは苦笑している。

「そりゃあ、ぼくだって、かつて女神が愛したこの地が、再び蘇（よみがえ）ったらいいなあって思うよ。でも、そのためにナナキが犠牲になったりするのは、違うんじゃないかな」

「犠牲、とか。思ってない、よ」

つっかえながら答える。本当か。本当にそうなのか？　サンチョは慈愛に満ちた瞳で語りかけてくる。

「ぼくもナナキが心から愛している相手と結ばれて、その結果、女神の加護が戻ったら最高だって思う。でも、そんなふうに他人にすがってばかりっていうのも、いけないと思うんだよね。今年はランバルドの襲撃がなかったけど、来年の秋にはあるかもしれない。だから、王都では自警団が結成されたんだよね」

「自警団？」

なにそれ。初耳だ。

「各ギルドで金を出し合って自警団を作ったんだ。武器を買ったんで、一応練習もする」

「サンチョは、武器の扱いは得意なの？」

ナナキが訊ねると、サンチョは顔の前で慌てたように手を振った。

「まさか。弓矢は不得意だし、長剣も持ったことないよ。だけど、万が一のときのために、準備だけはしておかないとね。……――ネリーと、ぼくたちの子どものために」

かつては毎年、秋になるとランバルドが穀物を奪うために西門に押し寄せたらしい。最初はローザ公国の加護が豊富だったので歯が立たなかったけれど、次第にこちらが加護をすり減らし、三年前には騎士団が出向いて追い払うことになった。

「今度は、王都まで来るかもしれないって話なんだ。だから、公王陛下はローゼリムをぐるりと囲む魔力障壁を作るって話だよ。みんなでできることをしないとね。ナナキひとりが責任を感じる必要はないよ」

ナナキはフジコを引き取り、三階に上がりながら、考えていた。

――サンチョは偉いな。

自分たちだけではない。子どもの未来がかかっている。どんなにか、穏やかな日常を望んでいることだろうに。俺の肩を揺すり、「どうにかしてくれ」と声を荒らげても不思議じゃないのに、そんなことはしない。自分ができることを精一杯やっている。サンチョとネリーに、俺とフジコはこんなにも助けられてきたんだ。俺は、俺のできるだけのことはしたい。そう、ナナキは決意して、唇を嚙みしめた。

——ルドヴィクスと、つがいになる。

強硬手段だが、これしかない。

二日ほどあと。

王宮にあるナナキの私室に、ルドヴィクスは訪れた。背後の騎士を扉の前で立たせて、ルドヴィクスは部屋に入ってくる。彼は前に見たときよりやつれて見えた。ナナキのせいで加護の復活が不可能となり、次善の策を練っているのだろう。

リリサがお茶を淹れたのち、部屋を出て行った。

そんな状況なのに、ルドヴィクスは自分に向かって微笑んでくれた。

「久しぶりだね。会えて、嬉しいよ」

自分もだと、素直に口にできればいいのだが、そうはさせない澱みがナナキの奥底にはある。

「今日は、なに？　ごめんね。ゆっくりお茶ができればいいんだけど、これからギルド長と会議なんだよ。夜には時間がとれるから」

「ルドヴィクス。今夜、つがいになろう。俺たち」

ルドヴィクスが、目を細めた。それから、笑い出す。

「なにを、言うのかと思えば」

「笑い事じゃないだろ。おまえには盟約がある。あとは、証があればいい。俺が、おまえとつがいになったら、証がもらえるんだろ」

ルドヴィクスは、まじめな顔になった。

「……もし、ナナキと出会った直後にそう言われていたら、私はその提案に一も二もなく、飛びついていただろうね」

「なら、」

「でもね、ナナキ。それは私が愛を知らなかったからだよ。誰かを深く愛する気持ちを、私に教えてくれたのは、ナナキだ。つがいが『オメガの証』を女神より授かるのは、アルファがオメガの愛を得たときだよ。私もまた、あなたの愛を欲している」

――それをないがしろにしたのは、どこのどいつだよ。

そう心のうちで思うナナキは、うつむくことしかできない。

「んな、悠長なこと、言ってる場合なのかよ」

ぐっと肩に力を入れる。

「俺、なにをされても、つらくても、我慢するから。だから」

「ナナキ」

ルドヴィクスの声は静かに響いた。

「あなたの献身には、敬意を表するよ。でもね、ほら」

ルドヴィクスの指先が近づいてきた。ナナキはびくりと身をすくませる。

「そんなあなたとつがって、そこに愛を見いだせるとは、私には思えない。あなたの傷口を広げるだけだよ」

彼は、付け足す。

「私も、いっそう、つらくなる」

ルドヴィクスは立ち上がった。彼は、にこやかに微笑んでいる。今は、困難なときであろうに、輝いているように思えた。

「ごめんね。その提案は受けられないけど、でも、ナナキが私と会いたいって思ってくれたのは、とっても嬉しかったよ。今ちょっと、あれこれ決めなくちゃならないことが多すぎるんだけど、落ち着いたら、また、会ってくれるかな。私たちのペースで、また、親交を深めていきたいんだ」

――それじゃ、遅いだろ。いつになったら、証をもらえるか、わかんないだろ。

だが、ナナキはうなずいた。それしかできなかった。

ルドヴィクスが部屋を出て行ったあと、ナナキはぼんやりと中庭を見ていた。冬近く。薔薇の花の数は減り、うら寂しい。

「はー……」

ルドヴィクスはまた最初からがんばろうみたいなことを言ったが、自分に証とやらが現れるのが何年後になるのか、果たして現れるのか、それさえも不明瞭で不確かだ。

自分がつがい候補である限り、この国もルドヴィクスも救われない。

「豪勢な部屋だ」

この部屋も、王都の家も、ナナキがつがい候補だから与えられている。国賓として遇されているからこその贅沢なのだ。いまや、自分はつがい候補というよりも、「穀潰し」に近い。

――自分で言ってて、つらっ！

とてもではないが、その過度な身分を甘受できる心境ではない。

テーブル上のベルを鳴らすと、リリサが駆けつけてきた。

「なんでございましょう、ナナキ様」

「あのさ、俺が落ちてきたところ。女神の神殿？　に行きたいんだけど」

「わかりました。ルドヴィクス様に許可を取って参りますね」

ここは一つ、元凶である女神に報告がてら、文句の一つも言ってやらないと気が済まない。

神殿に赴いたナナキは、女神像を見上げた。

女神像はそのふくよかな身体に、柔らかい微笑を浮かべ、立っていた。彼女の手にはあの杖がある。リリサを神殿の外に下がらせて、ナナキは女神に話しかけた。

「悪い。俺がこの国を救うのは手に余るみたいだ。でも、ほんとにいい国だよな。俺は、ルドヴィクスと結ばれることはできなそうだ。で、証とやらももらえない。だから、女神デア」

転生するときに出会った、おろおろしている女神を、ナナキは思い浮かべた。

「頼む。ルドヴィクスにいい相手を見つけてやってくれ」

ルドヴィクスを想っている。だが、許せない。どうしてもだ。俺は、がんこで、重いから。

自分でも、どうしようもないらしい。

「それで、今度こそ、その相手に証を授けてやってくれ」

それが、自分がルドヴィクスにできる最良の手段だ。

高窓からの光を受けて、女神の持つ杖の宝玉がきらめいた。

「うん、約束したぞ」

一方的な押しつけだが、どこかで聞いてくれている。そんな気がする。ナナキは女神像に背中を向けた。

——いいんだよな。これでいいんだよな。後悔しないよな。
一、二歩行って立ち止まる。ルドヴィクスがほかのだれかを好きになる？　俺以外を？
そんなことを言えた義理じゃないけど。だけど。

——おもしろくない！

ナナキは急いで戻った。

「あ、でも、そいつを俺より好きになんなくても、別にいいからな」

心が狭いな。俺。己にあきれつつ、ナナキはローゼリムにある自宅に戻り、自分の荷物をまとめ始めた。フジコがそんなナナキを不審そうに見ている。

「にーたん？」

「三日月の森に戻るんだ。あそこで冬を越そう。フジコも行くか？」

「行くー！」

フジコはそこらへんを走り回り始めた。ナナキは笑いそうになる。そうだよな。おまえはもともと狼なんだものな。そう言ってくれると信じていたよ。

二人で暮らそう。かつて、そうしていたように。


決行は早朝。事情を話すとサンチョが、店の荷物に紛れ込ませてナナキを町の外に連れ出してくれた。そこからは小型の荷馬車に乗り換える。

「ほんとに行っちゃうの？」

「ああ。世話になったな。サンチョは今のところから引っ越さなくてもいいように、ルドヴィクスあての書き置きによろしく書いておいたからな」

「そんなの、どうでもいいんだけど。三日月の森の冬は厳しいよ。外と完全に断絶しちゃうし」

「そうだな。でも、たぶん、今の俺にはそれくらいがちょうどいいんだよ」

「ナナキ」

サンチョが丸っこいその手でナナキの手を握ってくれた。

「ナナキがそう決めたなら、ぼくはなにも言わないよ。だって、ナナキのつらさも喜びも、ナナキだけのものだから。だけど、ぼくはナナキのこの国一番の友人の座を誰にも譲る気はないからね。なにかあったら、必ず頼ってきてよ」

「ありがとう、サンチョ」

荷馬車の後ろにフジコと並んで座る。荷馬車はごとごとと動き出し、三日月の森に向かっていく。

もしかして、警護の騎士がついてくるか、もしくはルドヴィクスが追いかけて取りすがってでも来るかと思ったのだが、あるのはただ晴れた空と続く森ばかりだった。

「はー。ルドヴィクスには言わずに来ちゃったな」

「るでぃ」

「うん、そう」

ルドヴィクスに言ったら、きっと止められるだろう。それには、自信がある。愛されているからというよりも、ルドヴィクスとは、そういう人だからだ。

でも、それでは、いつまでたっても、ルドヴィクスは次の相手を見つけることができない。

よって、この国もいつまでも加護が戻らない。

それじゃ、だめだ。

離れていく。王都から。ルドヴィクスから。

自分は、ルドヴィクスを忘れることはないだろう。妹を忘れることができなかったように、ルドヴィクスもまた、自分の内側に抱える澱みとなり、若干の痛みを覚えながらも大切にして生きていくのだろう。

——もっと、器用に、賢くなれないものかね。

そう思わないこともないのだが、こんな激重(げきおも)な自分が、今はけっこう気に入っていたりする。これは新たな発見だ。

■27　三日月の森　その六

夕方には、なんとか世捨て人の森の小屋に辿(たど)り着いた。荷馬車から荷物を下ろし、これから王都に帰る御者に心付けをはずむ。もうすっかりと葉の落ちた木々の中、小屋は寂しそうに見えた。

ここで、暮らしていく。ルドヴィクスもラティスもなしで。

「う、さむ」

いけない。王都の魔道具完備の生活に慣れきった生活をしていた自分には、あまりにも厳しすぎる。まずは、薪小屋から薪を出してきて、ストーブにくべた。ストーブは調理もできるし、熱を壁にも送ってくれる。火は心強い。ただ、魔道具とは違って灰や薪の面倒を見てやらないといけない。

「薪割りが必要だよな」

薪小屋には、世捨て人が割ったのであろう薪がいくばくかと、丸太を輪切りにした玉切りと呼ばれる木材が結構な数置いてある。この玉切りを割って薪を作れば、この冬の薪はおそらくまかなえるのだが、そんな大仕事が自分にできるのだろうか。

「あーもー、冬眠したい」

熊のように、たくさん食べたのち、ぬくぬくのふとんで暖かい春まで冬眠できるなら、こんなにいいことはないのに。いやなことは忘れて、眠っていたい。

「フジコ」

「あい？」

「いいか。にーたんになにかあったら、南の狼のところに行くんだぞ。あっちだ。あっち」

ナナキが指さすほうを見たフジコは、大きくうなずいた。

「わかってんのか。おまえ」

「フジコ、かり、する」

キラキラした目をして、フジコはそう言った。頼もしい。フジコは狼だ。この森の中でも心配あるまい。万が一、ナナキになにかあっても、立派に生き延びるだろう。狼は北上するときにここを通るから、そのときに合流してもいい。

「フジコ。今日はもう遅いから、狩りは明日にしなさい」

「ん」

彼女は不満そうに口を尖らせた。

その夜、大きな風の音にナナキはおびやかされた。ここは国の端にある。東は崖のため、風向きによっては直接吹きつけてくるのだ。小屋はがっちり作ってあるとはいえ、隙間風が入ってきた。しかたなく薪を多めにくべているのだが、今度は割ってある薪の残りが心配になる。寝床に入っても寒い。

——ルドヴィクス、なにしてるかな。

王都を出てきたのは自分なのに、こんなことを思うなんて、勝手なものだ。だが、ナナキは初めてルドヴィクスがいないのだと感じた。今まで王都で暮らしていたときには、ルドヴィクスはすぐそこにいたし、いざとなったら会いに行くこともできた。それに、思えばラティスはルドヴィクスの気配を漂わせていた。常に近くにいたのだ。

だが、今はどうだろう。自分はこの国の隅に暮らす一住人に過ぎず、ルドヴィクスは王宮にいる。そのうち、ルドヴィクスがほんとにつがいを見つけてしまったら、自分はまったくの用済みだ。それを望んだはずなのに、その日が来たらさぞかし悔しいだろうとも思う。

——自分の気持ちって御せないもんだなあ……。

それにしても、寒い。ナナキは起き上がると運び込んだ荷物を漁(あさ)って、上にかけられそうなものを探した。ナナキは青いマントを見つけた。ラティスのマントだ。

「ああ……」

これを肩にかけられたときを、ナナキは昨日のことのように覚えている。あのとき、ラティスは不機嫌そうに見えた。

——心配しているとき、ラティスはああなるんだよな。

そういう彼が、ナナキは嫌いじゃなかった。自分のために必死になる彼のことを、好ましく思っていた。それなのに。

——ぜんぶ台無しにしてくれたよな。

腹立たしいこと、このうえない。それにしても、寒い。

「これ、あったかいんだよな」

ナナキは、じっとマントを見つめていたが、「えい、背に腹は替えられない」と言って、マントを布団の上にかけた。ふわりと彼の香りが漂った気がした。

「あ……」

いや、違う。気のせい。気のせいだから。このマントが暖かいからかけただけだから。けれど、フジコがもぞもぞと動き、そして言った。

「……いいにおい……」

悔しいが、ナナキはそれに同意しないわけにはいかなかった。

三日月の森に戻ってから一週間。秋は終わろうとしていた。

朝晩は霜が降り、水たまりには薄氷が張った。

再びの小屋暮らしに、そしてルドヴィクスと再び会うことがないという事実に、ナナキは慣れようと必死だった。

ナナキは小屋の裏で、なんとか玉切りを割って薪を切り出そうとしていた。本来なら、丸太から玉切り、玉切りから薪を一気に作ったほうがいい。乾燥した木材は硬くしまり、割れにくくなるからだ。今、ナナキが相手にしている木材のように。

フジコがこちらを物珍しそうに見ていた。寒いので、もこもこの上着を着せている。そのため、彼女は小動物のようだった。

「フジコ、危ないからこっちに来ちゃだめだからな」

「ん」

くるりと背を向けると、フジコはどこかに行ってしまった。まあ、きっと大丈夫だろう。フジコはたくましいから。ナナキは、斧を両手に持つと、渾身の力を込めて打ち下ろした。斧は弾かれ、ナナキの足下に向かってきた。勢いがある。逃げられない。

「うわっ」

ぐっと腕を摑まれ、引き寄せられる。痛みにうめく。痛んだのは腕であって、足に斧が落ちるのはかろうじて回避した。背後を見る。

「ふれて、すまない。間に合ってよかった」

手を離す。そこにいたのはラティスだった。いや、仮面をつけていても、今はルドヴィクスだと知っている。彼がそこにいた。

「え。なにしてんだよ？　ここで」

ナナキの頭は混乱した。

「ナナキを追ってきたんだ」

こともなげにルドヴィクスは言った。

「いつから？」

「ナナキがここに来たときから」

なんだって？

じゃあ、自分がルドヴィクスと離れてしまったと思いにふけっていたあのときにも、寂しさに負けそうになったそのときにも、すぐ近くにいたってことなのか。なんだか、えらく間抜けじゃないか。自分。

ナナキに正体がわかって、繕う必要がなくなったせいだろう。声の抑揚や、話し方は、ラティスではなくルドヴィクスそのものだった。おかしな感じだ。

「少し離れたところに天幕を張って泊まっている。差し出がましいことをする気はなかったんだけど、ケガをしそうだったので、飛び出してしまったよ。腕を摑んですまなかったね」

「書き置きをしてきたはずなんだけど」

「ああ、読んだよ。新しいつがいをどうとかいう戯言（ざれごと）だろ。すぐに破いて捨てた」

はあ？　はあ？　はあ？

「あのな。ルドヴィクス。俺がどんな思いであれを書いたと思ってるんだよ。すぐに帰れよ。

おまえ、公王なんだから。それで、次のつがいを見つけろよ」

「愛とは、どうしても生まれてしまい、手放すことができない……――、そう言ったのはナナキだろう？　私の愛が向かっているのは、ナナキだけだよ。ほかはいらないんだ」

ああ、まずい。今、自分は思ってしまった。どんな顔をしてそれを言っているのか、見たいなって。仮面をつけているのが残念だなって。まだ、許せていないのに。

腕を摑まれたときには、痛かったのに。

「だめだろ。おまえは公王で、つがいが必要なんだ。俺は、おまえのオメガにはなれない。この国の加護を修復できない」

「じゃあ、私は公王失格でいい。それでも、私は、ナナキがいいんだ」

「もう、帰れよ。いいな。帰れ」

ナナキはそう言って、彼に背を向けた。

「わがまま言うな。ルドヴィクス」

「まあ、もう少ししたら、王宮に向かわないと、謁見の時間に間に合わないから行くけど。でも、それまでは薪割りをするよ。ここにあるのを割ればいいんだろ？」

「公王様が薪割り？」

「私を見くびらないで欲しいな。騎士見習いをしているときに、さんざん仕込まれたからね。ひととおりはできるんだよ」

得意げに彼は言った。

「よけいなこと、すんな」

「させて欲しいな。私を見たくないだろうと、手を出したくなるのをずっと我慢していたんだよ。そうだな。私のことは自動薪割り機とでも思ってくれればいいから。王宮に行くけど、また帰ってくるよ」

「だから、もう、来るなってば」

そう言ったのに、ルドヴィクスは薪を割り始めた。自分で言ったとおり、手慣れていて、見る間に薪が増えていく。

「るでぃ！」

帰ってきたフジコが、走り寄ってきた。ルドヴィクスが斧をいったん置いて、フジコを抱き上げる。フジコは頬ずりされていた。

まったく、ルドヴィクスは勝手なことばっかりして。だが、すぐに来なくなるだろう。やつはどこまでも「公王様」だから。つがいにもなれない俺のことなんて、どうでもよくなるだろう。

「やばい……やばい……」

ナナキは思わず口走る。

どうせすぐ来なくなる。そう思ったのに。

ルドヴィクスは嬉々として通ってきた。

それどころか、雪が降る前にと道を整備させるわ、ナナキたちに腸詰めや野菜や調味料を都合してくれるわ、フジコと狩りに行って獲物を狩ってくれるわ。

「だめだ。このままじゃいけない」

いつルドヴィクスが来なくなっても、覚悟はできている。そう言いたいところなのだが、ルドヴィクスはどんどんナナキたちの生活を快適にしてしまう。なしにはいられないほどに。

ひとは便利とか快適にこんなにも弱いのか。

ルドヴィクスに、あんなに腹を立てていたのに。

職人が来て大型の魔力供給栓（コンセント）の工事を行い、風呂用の魔道具を運び込まれたときには、ついつい、フジコと手をとりあって、喜びの舞を踊ってしまった。人間、ほんとに嬉しいと踊ってしまうのを初めて知った。しかも、この風呂用魔道具は最高級品。大地の魔力を受けて水を循環させつつ、適温に保ってくれるのだ。

そんな自分たちをルドヴィクスが見つめている。

「喜んでくれて、よかった」

はっと踊りをやめる。

「こんなんで、俺がほだされると思ったら、大間違いだから」

まじめにそう思う。そんな単純な問題であれば、苦労しない。あいかわらず、ナナキはルドヴィクスにふれられるのは好かない。ゆえに、加護を戻す算段は立たない。

「わかっているよ。私がナナキの喜ぶ顔が見たいだけ」

そんなことを言わないで欲しい。こんなにされても、つがいの義務を果たせない自分が、情けなくなるから。しかし。

——もしかして。これからは、俺たち、風呂に入り放題！

頬が緩む。

ただし、風呂に最初に入ったのは、ナナキではなく、ルドヴィクスになった。ナナキが夕食を作っていたのもあったのだが、ルドヴィクスが狩りの獲物の鹿を捌いたからだ。どうしたって、血は染みついてしまう。川の水で洗ってもそうそう落ちはしない。

「血抜きは、今日じゃなくてもよかっただろ」

「そう言われても、捕まえた獲物はできるだけ早く枝肉にしないと。ナナキたちにはおいしい肉を食べて欲しかったんだよ」

風呂から上がってきたルドヴィクスは、仮面を外している。金の髪が揺れている。

久しぶりに見る、純正百パーセントのルドヴィクスだ。まぶしい。

ナナキは、不自然に目をそらせた。どうにも、ルドヴィクスはラティスに比べると、きらびやかで、心臓に悪い。だが、ルドヴィクスは、別の意味にとったようだ。

「ごめんね。お風呂、ありがとう。すぐに出て行くから、気にしないで。この顔は、嫌いだよね」

「あー、あの」

ナナキはルドヴィクスに提案した。

「風呂から上がってすぐに寒いところに出たら、風邪引くだろ。メシ、食うか？」

ルドヴィクスは目を丸くした。ああ、ヘーゼルの瞳だ。森の木漏れ日みたいな色。

「いいの？　ほんとに？」

ナナキとて、鬼ではない。ここまでいろいろやってくれたルドヴィクスをあまりに無下にするのは気が引ける。ナナキが頼んでやってもらっているのではなく、もう王都に帰れと口を酸っぱくして言っているのだが、助かっているのは事実なのだ。

「いい、よ」

「嬉しいなあ」

そう言いつつ、彼は仮面をつけた。そうされると、ほっとするような、残念なような、変な気持ちになる。

以前のように、三人分の皿を並べ、スープをよそい、パンを軽く焼く。ルドヴィクスが前に罠で獲ってきてくれたヤマシギを塩と香草で味つけして焼いて、テーブルの中央に置く。

何の変哲もない食事なのに、「生き返る気持ちがする」とルドヴィクスは言った。

「いつもは、なにを食べてるんだ？」

「時間がないから、携帯口糧だよ。馬上でかじるときもあるね。おいしくはないけれど、背に腹は替えられないからね」

天下の公王様が、そんなものを。

なんか自分、罪悪感でちくちくするんだけど。


雪は、ナナキがこの森に来てから一ヶ月ほどで降り始めた。ルドヴィクスが隙間を塞いでくれたのと、豊富な薪があったため、小屋の中は暖かい。

吹雪の夜、フジコとぬくぬくとベッドで横たわりながら、ナナキはルドヴィクスのことを考えていた。そういえば、やつはどんなところに寝てるんだろ。大丈夫なのかな。

がたりと音がして、ナナキは飛び起きる。フジコが目を覚まして、扉に向かって威嚇した。

「どなたですか」

獣だったら、この質問は無意味だ。だが、「銀狼騎士団の者です。ナナキ様。お話があります」と答えがあったので、扉をあけた。外は吹雪いていて、騎士の青いマントの肩には雪が積もっていた。中に招き入れると騎士は、室内の暖かさにほっとしたようだった。彼は、膝を突いた。

「なに、なになに？」

「ナナキ様。我ら騎士団一同、お願いがございます。ルドヴィクス様をこちらで寝かせていただけないでしょうか。ルドヴィクス様は、連日の公務でお疲れの上、私どもがどんなに王都でお休みくださいとお願いしても、ご自身は天幕でいいとおっしゃいます。けれど、このままでは、お身体を壊してしまいます」

「ルドヴィクスが？」

ナナキは急いで毛皮の上着を羽織った。それもルドヴィクスからの貰い物だ。

ああ、もう、もう、ルドヴィクスってば。自分は公王だって、さんざん言っていたじゃないか。それなのに、なんで、そういうことをするんだよ。俺にばっかり、こんなに贅沢させて。だめじゃないか。まずは、自分をだいじにしろよ。

フジコがついてこようとしたのだが、ここにいるようにと言いおいた。

「うわ」

吹雪く中、雪は深く、足が埋まる。ナナキは必死になって前に進んだ。やがて、前方にぼんやりと灯りが見えてきた。

「いや、なんだよ。ここ」

「私どもはいいのです。交代で王都に帰り、休むことができます。しかし、ルドヴィクス様は常にこちらに通われ、お疲れが溜まっております」

ナナキは呆然とする。道の整備やナナキたちへの魔道具から、ルドヴィクスも快適な場所に滞在しているのだろうと思っていたのに、自分のほうはほったらかしなのか。

天幕は三重になっているとはいえ、野営用のもので快適とは言いがたい。中に入れば中央にストーブがあることはあるのだが、今日の雪のせいで湿った寒さが骨に染みる。ルドヴィクスは、簡易ベッドに横たわっていたが、ナナキと騎士が入ってきた気配を察知して身を起こした。その際に剣を片手にしていたのは、さすがと言えよう。

「ナナキ？」

「なんだ、この有様は」

ルドヴィクスは、ナナキのことを危なっかしくてとよく言うが、こんな気持ちだったのだろうか。ルドヴィクスだって、そうとう、あやうい。

「おまえ、自分は公王だから大切なんだみたいなこと、その口で言ってたじゃないか。なのになんだよ」

仮面を被っていたから、気がつかなかった。前に素顔を見たときとは、まるで違っている。炎に照らされたルドヴィクスの目の下には隈があり、頰はこけていた。

「俺への罪滅ぼしのつもりか？　ぜんぜん、そんなの、見当違いなんだけど。おまえが自分の身を痛めつけて、それで俺が喜ぶとでも思ったのかよ？　ずいぶん、見くびられたもんだな」

「ナナキ」

なにを言わせる気もなかった。

「ソリはあるか？　こいつをくくって乗せろ。防水の布でぐるぐる巻きにして、馬で運ぼう」

「いや、私はここで」

「うるさい。俺のことを一番にするって言っただろ。あれは嘘か。この俺が、望んでいるんだ。おとなしくしろ。さあ、行くぞ」

帰りはソリが前を行き、それが雪を掻いた道をナナキが行った。ふと見ると、隣を黒い小さな狼が嬉しそうに走っている。フジコだった。迎えに出てくれたのだろう。

こんな吹雪なのに、フジコがいて、ルドヴィクスが運ばれていて、自分がいる。ふしぎに頼もしい光景だった。

小屋に着くと、騎士の手を借りて手前のベッドにルドヴィクスを横たえる。彼の身体が冷え切っていたので、湯で浸した布を渡した。

「ふれられないから、悪いけどこれで拭いてもらって」

「そんなことは……」

「いいから、黙って」

ストーブに薪を足して、火を強くした。挽き割り麦を鍋に入れてミルクを足す。そこに塩で味つけして、少しだけ薬がわりの香草を入れた。卵を割り入れ、掻き回す。

ついてきた騎士たちが「ルドヴィクス様をくれぐれもお願いします」と頭を下げて帰って行った。

「もう、まったく。今までむりしてたんだろ」

「そんなふうに思ったことはなかったんだが。使節は帰ったし、王都を囲む魔力障壁にだいたいのめどがついた。あとは春先だ。それで、気が抜けたんだろう」

「麦粥（むぎがゆ）ができたよ。身体は起こせる？」

「ああ」

「髪が入っちゃうな。うしろで結びなよ」

ナナキは、紐を渡した。彼のベッドの近くに椅子を持ってくると、匙（さじ）で粥をすくう。ふーふーと冷ますと、口に持っていく。ルドヴィクスはおとなしく粥を口にした。

「あ、これ、おいしい」

「だろ？　滋養にいいからな。これを食べて、腹の底からあったまって、よく寝ろ」

ルドヴィクスが、なにがおかしいのか、笑っている。

「なに？　どうしたんだよ？」

「ナナキは私が危ないと怒ると、どうしてか笑っていたよね。その気持ちがわかったよ。心配されるというのは、心地よいものなんだな」

「お、ま、え、はー！　病人じゃなかったら、ひっぱたくところだぞ。あんなにみんなを心配させて」

彼の呑気（のんき）さに、ナナキは半ばあきれ、半ば腹を立てていた。

「あー、俺もわかったよ。あのときのおまえの気持ちは、こんなんだったんだな。うんうん」

ひと匙ずつ、食べさせながら、ナナキは重ねて文句を言う。

「認識阻害の仮面を被っていたから、おまえの顔色が悪いのに気がつかなかったよ。これからは、仮面禁止な」

「だが、ナナキはルドヴィクスは……——まだ、だめだろう？」

「は？」

「まえに、風呂ができたときに私の顔を見て、顔を背けた」

ルドヴィクスはしょんぼりと下を向く。

「ああ、あのときか！」

ナナキは匙を握りしめた。そうじゃない。そうじゃないのだ。

「ナナキ？」

もうかなり冷めているので、麦粥を連続して彼の口に突っ込んだ。

——言いづらいなあ。

「あれは、そうじゃないんだよ。ああ、もう。おまえの顔って、近くで見ると、迫力があるっていうか、おきれいすぎてびっくりするんだ。それだけだよ」

ルドヴィクスが、動作を止める。そわそわと落ちつかなげに確認してくる。

「それは、いやじゃないってこと？」

「そうだよ。慣れないだけだ。もう、そんなニヤニヤするな。二度と言わないからな。だから、仮面禁止」

「うん。そうか。そうだったのか」

ルドヴィクスは、笑っている。じつに楽しそうだ。

「ルドヴィクス。騎士の人が明日からしばらくは、王宮に行かなくていいって言ってたぞ。雪も続くみたいだし、ここにいろよ。おまえのおかげで、薪は来年分まであるし、食料庫も満杯だ。猟師小屋まで行けば、鹿とイノシシとカモが吊されてる。風呂も沸いてるし、あの天幕よりは格段にましだろ。狭いけど、ゆっくりしていけ」

「ありがとう。お言葉に甘えるよ。久しぶりの休暇だ」

そう言って微笑むルドヴィクスは、さきほどよりはずいぶん元気になったようだった。なんか、やっぱり、顔がいいな。さりげなくナナキは視線をはずそうとしたのだが、すっと彼は顔を寄せてきた。

「できたら、私に慣れて欲しいな。顔をそらされると、悲しいから」

うわ。うわ。うわー！

こいつ、ほんとにたちが悪いな。自分がきれいなこととか、魅力的なこととか、わかっているんだ。俺がもし、女性だったら。そうしたら、どうだったんだろう。最初に会ったときに、この顔だけでとろけてしまったんじゃないだろうか。いや、あのときの女性の匂いによけい腹を立てた可能性もある。

「まったく！」

ぺちっと、彼の頬をはたく。

「調子に乗らない！」

そうしても、自分の手は、あのひりつくような悪寒に襲われることはなかった。むしろ、そこから伝わってくるのは、おもはゆいようななにかであった。安心したのか眠ってしまったルドヴィクスを見つめる。

「るでぃ、いる」

元の姿に戻ったフジコが、ルドヴィクスを見て言う。

「そうだね。いるね」

「ずっといる？」

そう聞かれて「う」とうめいたが、ぬいぐるみがしゃべり出した。イルドだ。

『ナナキ殿。私からも頼む』

「いるど！」

フジコがしきりにぬいぐるみをぺちぺちと叩いている。

「まあ、そこまで言われちゃしかたないな。いいよ。ずっと、うちで預かるよ」

夜中に起きた際。ナナキはルドヴィクスのベッドを覗き込んだ。彼はすやすやと眠っていた。ルドヴィクスがここにいる。自分の近くにいてくれる。

それは、ナナキにとって、心が浮き立つことだった。

――あーもー、しょうがないな。

心のどこかで、そんな声がする。

こんなんなるまで、がんばっちゃってさ。ほんとに、おまえは……――


吹雪に閉じ込められた三日間。

それは、自分たちにとって忘れがたい日々となった。

フジコとルドヴィクスとイルドぬいぐるみが揃ったために、イルドが王宮のあれこれを連絡してくれ、ルドヴィクスが小屋にいながら、ある程度の仕事をすることができた。あいた時間には、小屋にあったボードゲームで遊んだ。すごろくに似ていて、フジコもイルドも参加できる。それから、ナナキは試しに牛乳でアイスクリームシャーベットを作った。暖かい部屋で食べる冷たい菓子は最高に贅沢で、ストーブの前でみなでお行儀悪く食べた。


雪がやんだ日は、ちょうど満月となった。フジコは嬉しがって飛び出していく。一晩、帰ってこないだろう。

ナナキは奥の倉庫からワインを引っ張り出してきた。ストーブの前に座ると、ルドヴィクスと酒を酌み交わす。

ナナキはルドヴィクスに話しかけた。

「もうすぐ、新年なんだろ」

「そうだね」

「やることがあるんじゃないのか。公王として」

「でも」

「いいから、しばらく王宮に帰っとけよ。おまえのおかげで、ここはだいぶ快適になったよ。一週間？　十日？　そのぐらい、待てるからさ」

ルドヴィクスは、しばらく黙っていたが、こちらを見て口を開いた。

「ナナキ。笑わないでくれるか」

「うん」

「私は、怖いんだ。あなたが、目を離しているあいだに、どこかに行ってしまうことが。できたら、近くにいて欲しいんだ」

ナナキはストーブの炎を見つめながら考える。

「だめだな」

それが、結論だった。

「やっぱり、まだ……――」

「そうじゃない。そうじゃないんだ。俺が王都にいたほうがいいのは、わかってる。だけど、離宮の部屋もローゼリムの家も、俺がつがい候補だからいただけるものであって、俺のものじゃない気がするんだよ」

「私は、ナナキにオメガの証が現れなかったとしても、あなたにともにいて欲しい。あなた以外、考えられない」

「あのさ。今夜、満月だろ」

「うん？」

ルドヴィクスはわけがわからないというように、首をかしげる。

「今夜は、フジコのやつ一晩中、外に行ってると思う。だから、もう一度、俺がつがいになれそうか、試してみるっていうのはどうだろう」

「それは、いけない。私は、急ぎたくない」

ああ、言い方が悪かったな。このまえ、つがいになろうとせまったときみたいになっている。

「そうじゃ、ねえよ。その」

ナナキは、自分の耳が熱くなるのを感じた。

「おまえに、慣れさせてくれよ。ちょっとずつで、いいから」

ルドヴィクスが、ナナキのほうを見る。ヘーゼルの瞳だ。彼が微笑むと、ナナキは照れてしまう。

「なんだよ、その笑い方。俺の顔は、そんなにおもしろいのかよ」

「おもしろいというより……——かわいい、かな」

「お、おまえ、なあ」

ナナキは成人男性だ。決して「かわいい」と言われる系統ではない。

「言い方が悪かったかな。愛しい……？」

彼は言った。

「私は、ここに来てくれたのがナナキでよかったと思っているよ。なんだったら、これから、ずっとオメガ『候補』でもいい。それでも、ともに生きて欲しい」

「ルドヴィクス……」

じわっとナナキの奥から、溶け去って流れていくものがあった。自分の中に作っていた壁が、砕かれていく。

つがいではなく、ナナキ自身が欲しいと言ってくれた。女神の加護をあきらめたとしても、ナナキをとると言ってくれた。

「キスしても、いい？　ナナキ」

「……うん」

彼が、ナナキの唇に自分のそれを重ねてきた。

「つらくない？」

「うん。なんか、ふわふわする」

さらに、もう一度。

ああ、柔らかい。たったこれだけなのに、唇がふれあっただけなのに、天にも昇る心地がする。自分の中にあった愛情が、あふれて、流れて、この人の中に注ぎ込まれて、彼からの想いもまた、受け取っている。

ルドヴィクスのベッドに、二人は身体を寄せ合ってねころぶ。ルドヴィクスが上から、ナナキの顔を覗き込んできた。

そうっと、彼が手を伸ばしてきて、ナナキの髪にふれた。優しく撫でてくれる。

「気持ちいい」

「ほんと？　これは？」

ルドヴィクスが額にキスをする。ルドヴィクスのおでこに頭突きをかましたことを思い出して、ナナキは笑う。そして、彼のおでこを引き寄せると口づけた。

「だめなら、言って。ナナキ」

「大丈夫だ。だめなときには、口の前に手が出る」

まじめな気持ちで言ったのに、ルドヴィクスは笑って「それは、頼もしい」と言った。自分が殴られるかもしれないのに、お気楽なやつだ。

耳元に口をつけたルドヴィクスが、ナナキの腰の脇を撫でた。

「あ」

声をあげると、ルドヴィクスの動きが止まる。ナナキは恥ずかしいのと、じれたのとでルドヴィクスの背中を叩く。

「やめんなよ」

「もちろん」

ルドヴィクスが笑う気配がする。

「愛しているよ。ナナキ」

彼の指が帯を解き、シャツのボタンを外していく。そっと腹を撫でられて、肌がざわめく。自分が再びルドヴィクスを底のないように愛し始めていることを、ナナキは自覚せずにはいられなかった。


翌朝。

ナナキは目が覚めて驚いた。そのまま、イチャイチャしつつ、ベッドに入ってしまった。いや、服はかろうじて着ているけど。でも、髪とか頬とかにさわってもらって、自分もルドヴィクスの顔とか唇とか耳とかにふれて。

「おはよう。ナナキ」

まぶしい朝の顔に恥ずかしくて悶絶しそうになる。ルドヴィクスは手にマントを持っていた。

「ふふ。私のマントをかけていてくれたんだね」

「寒いから。寒いからだから」

「私はフジコを探してくるよ。きみは朝風呂でも浴びるといい」

身支度したルドヴィクスが上機嫌でそう言ったとき、地響きがした。

「なんだ？」

扉が蹴りあけられた。ルドヴィクスがナナキの腕を摑んで引く。今までナナキがいた場所には、矢が刺さっていた。

「失礼する」

紺の銀狼騎士団の制服。認識阻害のフードがかかっているために、顔がよくわからない。

「女、か？」

フードを落とすと、そこにいたのは細身の女だった。彼女は、次の矢をつがえていた。

ルドヴィクスは彼女に見覚えがあるようだった。

「アマーリア嬢か？　ランバルド使節の随伴者の」

「公王陛下。お久しゅう。お目にかかれて重畳」

彼女は舌なめずりをした。

「動かないでいただけますか。この矢には、かすっただけでも致死量の毒が塗ってあります」

アマーリアは言った。

「なんなのだ、あの音は」

「ランバルドは秋に来る。そう思っておいでだったことでしょうね。けれど、今回は違います。雪に乗じて、投石部隊が進軍して参りました。続いて重騎兵と槍兵も来ます。今日でこの国は滅びます」

「加護のないこの国を得て、なんとする。一面の荒れ地となるばかりだぞ」

「それでも、数年は我が国の糊口はしのげるでしょう」

「わかった。私を、射るがいい」

ルドヴィクスが静かに言った。

「ルドヴィクス！」

「この者は見逃せ。私だけでよい」

「なに言ってるんだよ」

ナナキの中に、万もの考えが浮かんで消える。

ルドヴィクスはこの国そのものなのに。だけど、こんなにも俺を愛している。俺もルドヴィクスを愛している。女神が。弓矢。毒。この女。次には俺を。その前にルドヴィクスを。

きーんと耳鳴りがする。首の後ろが熱い。

狼たちの網。ルドヴィクス。俺。フジコ。イルド。一斉に繋がる。

――助けて！

遠吠えが響いた。イルドだ。

女がひるんだ一瞬の隙を突いて、ルドヴィクスが彼女にマントを被せる。矢は放たれたが、マントを貫通して終わった。足を払って、ルドヴィクスが彼女を押さえ込む。朝帰りのフジコが入ってきて、騒ぎに驚いていた。

ようやく、警備の騎士たちが駆けつけてきて、アマーリアを厳重に拘束した。

ナナキは立ち上がれない。身体が熱い。

がくがくしているナナキに、ルドヴィクスが駆け寄ってきた。

「ナナキ、どうした?」

「首の、後ろ……」

ルドヴィクスがナナキの手を外させた。

「オメガの、証だ……」

ルドヴィクスがそう言ったきり、言葉を失っている。

ナナキは、信じられない気持ちだった。あんなに欲しがっていたのに、手に入れてしまったのが解せないような、だのにあたりまえなような、なんとも不可解な心地だ。

「でも、でも。俺たち、その、そういうことしてないのに」

「ナナキ。女神の言葉はこうだ。『つがいの愛を得たなら』。私たちは愛し合った。そうだろう?」

ルドヴィクスはナナキを抱きしめてきた。痛いほどの力だった。

「私は、おまえの愛を得たのだな。それが、とても嬉しい」

「そっか……」

そう。ならば、納得できるかもしれない。ゆうべ、自分は、この男を再び愛し始めていると感じた。ここまでしてくれ、見返りを求めないこの男を信じてもいいと、思った。

■28　神殿での祈り

イルドぬいぐるみが話す。

『騎士の一人が自室で昏倒していたと報告があった。そこの女の仕業だろう。ルドヴィクス。加護を取り戻すのだ。王宮の神殿に赴き、女神の杖を手に取るんだ』

「あとにしてくれ、イルド」

ナナキは首を振ると、ルドヴィクスの腕を握った。

「ルドヴィクス。行こう。そのために俺は、この世界に来たんだ」

ルドヴィクスはためらっていたが、その間にも西門からの投石は続いている。高く上がった巨石が弧を描き、天空にある国境にふれて砕かれる。

「フジコ、がんばる」

そう言ったかと思うと、フジコはヒグマほども大きくなった。

「イルドを、俺の背中に」

騎士がナナキの背にぬいぐるみをくくりつけてくれる。

そのナナキを、ルドヴィクスが抱きかかえるようにして、フジコにまたがった。

フジコは走り出した。そうしているあいだも、巨石が降りかかってくる。いましも、突破してきそうだ。王都に入るときに、軽い衝撃があったのは、おそらく魔力障壁だろう。坂を上っている。門をくぐっている。階段を上って。そして。

神殿についていて、一同はフジコからおりた。フジコは元の女の子の姿になり「ちゅかれた……」とへたり込む。その隣に、イルドぬいぐるみを置いてやる。

『二人で、杖を持つんだ』

イルドにそう言われて、ルドヴィクスが手を伸ばし、女神像の杖を取った。女神像の前に、ちょうど杖の先が入りそうな穴ができていた。

『その穴に、杖を差し込め』

穴に杖を差し入れると、「?」というクエスチョンマークような形をした上部の宝玉、ルドヴィクスの瞳に似た、ヘーゼル色のそれが輝きだした。

目を閉じると浮かぶ。

杖は、深く根を下ろしている。魔力豊富なその場所まで、水源を求めるように下りていく。ずしいん、と杖に響きが伝わってきた。魔力層にまで、杖の力が下りたのだ。

リーンリーンと、涼しい音が、この場に響いてきた。

「なんの音?」

「杖だ」

そう言ったのは、ルドヴィクスだった。

「杖が鳴っている」

正確には、杖にくっついているクエスチョンマーク部分の宝玉が、音を立てている。

「これか。あの劇のときに、鳴っていたのは」

ナナキは妙な感動を覚えた。あの劇の内容はほんとうだったのか。

どくっどくっという自分の心臓の鼓動が、聞こえてくる。うなじの証が熱い。ルドヴィクスの心臓もまた、高鳴り、調和している。

パッと、光が宝玉から迸る（ほとばし）のが見えた。正確には、感じた。

驚いて手を離そうとしたナナキだったが、ルドヴィクスの頼もしい手が押さえてくれていたので、かろうじて取り落とすことを免れた。衝撃が、身体を貫き、光が脈打ちながら、この世界を包み込む。

まじわりの絶頂のようなとてつもない歓喜が、ルドヴィクスと重ねている手を経てナナキに訪れた。

——これが女神の力なんだ。この世界への加護なんだ。

杖の先、地面の下から、女神の加護は広がっていく。

自分とルドヴィクスもその中に飲み込まれる。

崩れていた国境が金色の光を取り戻す。西門の国境近辺に加護が満ちる。進軍してきた兵

士たちは国境の外に弾かれる。巨石は天空の国境にあたると、跳ね返り、元の場所へと落下し、投石器を破壊した。

ルドヴィクスとナナキの手にしている杖は、長く反響する一音を残すと、また元の形に戻っていった。

「終わった……」

ナナキは思わず、口にする。ルドヴィクスも言った。

「ああ、加護を取り戻した」

城の者たちが、ようよう神殿にやってきていた。ルドヴィクスはひざまずく。

「改めて、ナナキ。わが運命のつがい、女神の申し子よ。私の伴侶となってくれますか」

「そんな、かしこまって言われても」

ルドヴィクスが心配そうにこちらを見ている。ナナキは力強くうなずいた。

「あたりまえだろ。もう、離さないよ」

ルドヴィクスはナナキの手の甲に口づけた。手をとったまま、立ち上がり、その場の者たちに宣言する。

「公王ルドヴィクスの名において、我が国の加護の復活と、第二次西門の戦いの勝利をここに宣言する」

歓声が上がった。

「さらに加えて、オメガの証を得た我が伴侶、異世界より女神デアにたまわりし国の宝、ナナキを王配とする」

ささやきが広がる。

「えっと、男？　オメガ？」

「でも、石が降らなくなったし」

「ルドヴィクス様がどうして騎士姿を？」

みなが動揺していたが、かまわずルドヴィクスはナナキを抱き寄せ、ナナキの唇にキスを落とした。

こんなところで、人が見てるし、と思ったのだが、そこまでは恥ずかしくなかった。そのキスは、誓いのキスだったから。

ずっとずっと、ここにいること、この人との愛に生きること、自分もまた、女神に祝福されしローザ公国の子どもであること。

それを確かめる口づけだったから。

唇が離れるのが名残惜しい。ルドヴィクスもそうであったようで、指で唇を撫でている。

声があがった。

「ルドヴィクス公王陛下、ばんざい！」

「ナナキ王配殿下ばんざい！」

「女神デアの加護あつき、ローザ公国ばんざい！」

人々の快哉が響く。

フジコは足下でうずくまっている。どうやら寝てしまったようだ。イルドもため息をついたかと思うと「少し寝たい」と言ってぬいぐるみから抜けた。

ルドヴィクスはまだ、銀狼騎士団の青いマントを身につけている。彼は、その青いマントを脱ぐと、フジコにかけてくれた。


フジコは夢心地の中で、考えていた。

――るでぃとなwhile、好きってなってよかったな。フジコのおとうさんやおかあさんとつながりあって、よかったな。

フジコは人の姿をとっていても、狼である。感情は強く素直で、人のように複雑ではない。

――すきならすきって言えばいいのに。フジコにはわからないよ。なんで、るでぃはらてぃのふりをするのか、どうしてなきは、ぐるぐるしちゃうのか。

フジコは、狼だから。好きなものは好きで、おなかすいたらご飯を食べて、天気が良かったら走り回って、月夜には遠吠えをする。

――にんげんは、難しいな。イルドにもっと習わないと。

かつて西国より公王と王妃が狼と共に、この地に辿りついた建国時の再来と、人々が騒いでいる。

——そっかあ。よかった。俺は、自分の役目を果たしたんだな。よかったあ。

そう思ったとたんに、力が抜けていった。

「ナナキ？」

急にもたれ掛かってきたナナキの身体を受け止め、ルドヴィクスが驚いた声をあげる。

「ナナキ。おまえ、すごい熱だぞ」

いや、そんな。そんなに焦らなくても大丈夫だから。そう、ナナキは言おうとしたのだが、うまく口が利けない。

「おまえを失ったら、どうしたらいいのだ。ナナキ、ナナキ。しっかりしてくれ。離宮に運ぶぞ。医者を呼んでおけ」

強く揺すられる。

「ナナキ！」

ルドヴィクスがあんまり青い顔をしているので、おかしくなる。

——大丈夫。自分は、ぜんぜん、大丈夫だから。

だが、その思いは声にはならなかった。

■29　女神の祝福

「うわお！」

目を覚ますと、そこはまたあの場所だった。温かくもない、光も闇もない場所だ。

「やっべえ」

前と同じだ。ただひとつ、まったく違っていることがあった。自分が死にたくないとめちゃくちゃに願っていることだ。

「よくやりました。転生者ナナキよ。女神デアの名において」

あの、細身の女性——女神デアが、杖を持ってその場にいた。ナナキは必死に彼女に頼み込んだ。

「頼む、帰してくれ。俺は死にたくない」

自分はなんて勝手なことを、口にしているのだろう。誰だって、死にたくないと、今はいやだと叫んだろう。こんなふうに願ったのは、自分が初めてじゃないだろう。

中には、そうと知らないうちに、この世を去っていくやつだってたくさんいたのに違いない。

そう、俺の妹のふたばみたいに。

なのに、俺は、「死にたくない……っ！」、そうみっともなくあがいて女神の前に膝を突いて、涙を流して懇願しているのだ。

だってさ。

ようやく、心が通じ合ったんだぞ。やっとだ。

これからなのに。

まだ言っていない言葉がたくさんある。やってやりたいことがたくさんある。

ありすぎる。

「頼む。なんでもするから。俺を、生き返らせてくれ……！」

そのナナキの思いと気迫に、女神はたいへんにびびったようだった。じりじりっとあとじさっている。ナナキはさらに彼女を膝立ちのまま追う。

「お願いだ……！」

「あの、あのあのあの。まずは、落ち着いてください。落ち着いてください！」

女神は叫ぶ。

「あなたをどうこうとか、考えてないですから。むしろ、お疲れさまっていうか、『よくやりましたね』ってほめてあげようっていうか。そう、慰労会。慰労会ですから」

「そう……なの？」

女神はこくこくこくとうなずいた。

「それに、ここに呼んだのは、黄泉送りのためでも、転生のためでもないんですよ。ここでのほうが治癒の効果があるからで」

ナナキは立ち上がった。それから、「まじで？」と女神の肩に手をかけて、のぞき込んだ。ぐいぐいくるナナキに、女神は杖を抱え込んで逃げる。

「ですですですー！」

女神の杖の先から、ほわほわした光が漂うと、ナナキの身体にまとわりついてきた。その光は、じんわりと暖かい。ひなたぼっこをしているかのようだった。

「気持ち、いい……」

思わず、そんな声がナナキの口から漏れ出た。

「でしょ、でしょ？　特別ですよ。狼のために作った国なのに、荒れ放題になっちゃってどうしようって気になっていたあの国を、直してくれたお礼です。あのままだと、私の大好きな狼たちにも、害が及ぶところでした」

「だったら、ちゃちゃっと自分で国直しをすればよかったんじゃないのか。こんな手間をかけなくても」

「それは、だめなのですよー」

そう、女神は言った。なんでも、神ができることはあくまでも人間の手助けで、強行することはできないらしい。神には神の都合があるというのだ。なるほど。

「どう？　もう、だいぶ回復したと思うのだけれど」

「あー、いい感じです」

ぼうっとしていたナナキは、思わず言ってしまった。

「あのさ、王宮にある神殿の銅像、あんまり似てないよな。あんたに」

ぴたっと彼女の癒しの光が止まった。

「ちょっとこう、いささか盛ってあるっていうか」

胸とか胸とか胸とか。

「い、いいいい、いいじゃないですか」

女神は杖を抱いて、ふるふると震えていた。

「ちょっとぐらい、理想の形にしてしまっても、いいじゃないですか。そちらの世界にも、そういうの、あるじゃないですか。プリクラとか、画像編集とか」

この女神、詳しいな。

彼女が涙目になっているのを見て、ナナキは後悔した。そう。自分は、女の涙に弱いのだ。

「悪かったよ。別に非難しているわけじゃなくてさ。俺は、あんたは、そのままのほうがいいって言いたかっただけなんだ」

ナナキがそう言うと、女神は、「きゃあああっ」と悲鳴をあげて真っ赤になった。

「もう、もう、もう。そんなことを言ってもだめなんですからね。私は、女神なんですから」

痛いほどにナナキを叩いてくる。

「別に、おべっか使ったわけじゃねえよ」

「ナナキとローザ公国、そして、公王と狼たちに、なおいっそうの祝福あれ」

光が、ナナキの上に降り注ぎ、「これからも、私の公国をよろしくお願いしますね」と女神の声がした。彼女の姿は光にまぎれて見えない。だが、もう、泣いてはいないようなので、とりあえず、ナナキはほっとした。

「おう、まかせとけ」

「嬉しいので、ちょっとだけ、おまけしちゃいます。オメガはアルファの子を身ごもることができるようにしておきます」

「いや、なにそれ。いきなり」

そのとたんに、指先がなにかにふれた。


「……ん?」

目をあける。知っている場所だ。離宮の自分の寝室だ。ふかふかふわふわのベッドの上に自分は横たわっていて、手の先が、なめらかな絹糸のようなものにふれていた。それが、ルドヴィクスの髪であることに、ナナキは気がついた。

ルドヴィクスは椅子に座っているのだが、ベッドに上半身を預けてぐっすりと眠っている。

指を動かして、髪の手触りを、ナナキは楽しんだ。

「きれいな顔、してんだよなあ」

珍しく、ルドヴィクスにはうっすらと髭（ひげ）が生えていた。けれど、それをイヤだと思うどころか、「ああ、こいつも人間なんだな」と納得して愉快な心地になる。

じっと見つめる。

そっと身体を彼のほうに寄せる。彼からは、ローザ公国の名前の由来になっている、薔薇の匂いがしていた。

そっか。

ナナキは思い出している。自分は、ほっとしたのと身体の変化とで、ばったり倒れてしまったのだっけ。ルドヴィクスは、自分のことを心配して、ついていてくれていたのか。忙しいだろうに。

「ルドヴィクス。おつかれさま」

なんか、彫像みたいだ。うっすらとした髭さえなかったら、そして、かすかな隈さえなかったら、白大理石の像だって言っても信じられてしまう。

この人が、自分のつがい。

なんだ、この、ものすごい優越感。世界中にこの人は自分のものだと叫びたくなるよ。ナナキはそっと小声で呼びかける。

「ルドヴィクス？」

違和感がある。それはこの人の名前に違いないのに、今では、ひどく他人行儀に感じられる。

「うーん……」

彼のことを、なんと呼べばいいのだろう。そうだ。

フジコの真似をして、「ルディ？」と呼ぶと、彼の肩がわずかに震えた。ナナキの声が、彼をくすぐったようだった。

ゆっくりと彼が目をあける。眩しげに目を細める。

彼が手を伸ばしてきた。ナナキの髪を撫でてくる。それだけで、どれだけ彼が自分を心配していたのが伝わってくる。

「目がさめたか。痛むところはないか。気分は？　熱は？」

「ん……大丈夫みたい……」

ベッドに起きあがってみたのだが、よく寝たあとのように爽快だった。

「医者は、眠っているだけだと言っていたが、私は気が気じゃなかったぞ」

なにかして欲しいことはないかと聞かれて、「公王様におそれおおいよ」と言ったら、平然と「公王だからといって、愛する者の世話を焼いてはならないという法律はないだろう。もしあったとしたら、私が変えてやる」と言い切る。

「女神様に治してもらったから、もう俺は平気だよ」

「女神デアに会ったのか?」

「うん。死にたくない、早く帰りたいってだだをこねて、女神デアにあきれられた」

「私も女神に直接、会ったことはないんだ。お声を聞いたことはあるけどな。どのようなお方だった?」

そう聞かれて、ナナキは迷う。

「うーん……」

どこかであの女神デア様が、しーっと口元に指を立てている気がした。なので、武士の情けを発揮して、「あの像のままの、お優しい方だったよ」と、言っておくことにした。半分は嘘じゃないし。

「なにか、食べたいものはないか。身体を拭こうか。痛いところはないか」

ルドヴィクスはひたすらにナナキを甘やかそうとする。それに、ナナキはのっかることにした。

「おなかすいたから、パンに具を挟んで持ってきてほしい。卵とハムと香菜がいい。ジャガイモ入りのスープも添えてくれ。それで、ここで、ルドヴィクスもいっしょに食べてほしい」

「あ、ああ。喜んで」

「その顔も素敵だけど、見慣れないから、ルドヴィクスは着替えて、髭も剃(そ)って」

「了解だ」

「食事のあとは、風呂に入りたいから、用意してほしい。で、ルドヴィクスには、ドアの前にいてほしい。寂しいからな。どうだ、俺がわがままであきれたろう」

そう言ったのだが、ルドヴィクスはなにか言いかけ、次には笑い出した。

「こんなのは、わがままのうちに入らない。なんて可愛いんだ。いくらでも言ってくれ」

ついこの間までは壁のようなものがあった。

ルドヴィクスを、心の一番奥では許していなかった。

今は違う。彼の想いを、ただ素直に受け取っている。それが、とても、とてつもなく、すばらしく思える。


食事はなごやかに進んでいた。

和平交渉が済み、国境周辺の村への資材の手配が進んでいるという。

万事うまく行っているようで、安堵する。その場の雰囲気が変わったのは、ナナキがなにげに「そういえば、女神に子どもができるようにしておいたって言われた」と告げたからだった。

ルドヴィクスの手が止まった。見る間に赤くなる。

「いや、そんな。そんな顔、されると」

ナナキまで、照れてしまう。

二人は無言で食事をとっていたのだが、「あの」「これから」と同時に口を開いた。

「なんだよ、ルディ。言えよ」

「いや、ナナキから言ってくれ」

「俺？　俺から？」

ナナキは言おうとした。今度こそ、この身体すべてで愛し合おうって。だが、恥ずかしい。言い出せない。

「風呂から上がったら、言うから」

そう言って、立ち上がった。


午後の光がバスルーム内に満ちて、明るい。

「広い風呂って最高だな。この国には温泉とかないのかな。いつか、探す旅に出たいな」

ナナキは自分の足を湯から出し、しみじみと見つめる。

――なんだか、きれいだな。俺の足。

そんなことを考えたことも、足の指を気にしたこともなかったのに。自分の手を見て、指先にささくれがないかどうか確かめる。唇に手を当てる。

「ちょっと、荒れているかな……？」

服を着るところに、ハチミツのクリームが置いてあったから、塗っておこうと思う。

自分の身体を、もう一度、つくづくと見る。

「なんか、まえより、なめらかな気がする……？」

まるで白大理石のように、つややかなのだ。

「気のせいなのか？」

それともこれは、女神の祝福のおかげか。

転生前の自分の部屋ではシャワーしか浴びなかったし、自分のことをしっかり見たことなんてなかった。だいたい、鏡を見たって、映っているのは辛気くさくて、半分死んだみたいな男の顔だった。

バスルームには鏡があるので、その前に立ってみる。

頬が薔薇色で、唇が赤く、髪はつやめいている。そっと髪をかきあげると、引っかかりなく通っていく。

——俺、どうしてこんなことを気にしているんだろう。

そうか。

自分はこれからルドヴィクスという、最愛の大事な人に、全部を見せるつもりだからだ。

だから、気にしているんだ。

「ルドヴィクス。気に入ってくれるかな。俺のことを」

ナナキは真剣に考えてみた。

俺は、これから、ルドヴィクスを誘いたい。誘いたいんだけど、いったい、どうしたらいいんだ。素っ裸で「やろう」と、言えばいいのか。もし、断られたら。すごいやるせないんだけど。

一応、なにか着よう。なにを着ればいい。ちゃんとした服を着てしまうと、脱がせにくいよな。それに、なんか、こう、色気がない。

「色気……」

鏡に手を突いて、ずるずると崩れ落ちそうになった。

この俺が、色気なんてものを気にするときが来るなんて。予想外過ぎる。

色気とはなんだ。いったい、どうするのが正解なのか。

混乱した脳内をなだめつつ、わやわやしていると、ドアの外から声がかかった。

「ナナキ？　そこにいるのか？　気分がよくないのか？　悪いが、入るぞ」

「うわ、待て。待ってくれ」

ナナキは急いでそこらにあった大きな布を身体に巻いた。薄緑のその布は、湯から上がったナナキの身体を拭くためのものであった。ドアをあけられて、ナナキはルドヴィクスのほうを振り向く。一瞬、ルドヴィクスの動きが止まった。

彼の目に自分がどのように映ったのか。ナナキにはわかる気がした。

バスルームには、昼過ぎの光が射し込んでいる。霧のように細かい水の粒子が室内に満ちていて、点描画のようだ。その中に立っているナナキは、直前まで湯に浸かっていたせいで……――いや、ルドヴィクスへの、愛と期待と恥じらいに満ちて、肌が上気している。

それが、ルドヴィクスにどのような効果をもたらしたか、わかる気がした。

たちまちのうちにルドヴィクスはナナキへの愛に満ちた欲に満たされてしまう。室内の点描のようなもやすべてが、今や、その想いを媒介している。ルドヴィクスはこちらに一歩、足を踏み出した。

ナナキは足をすくませる。いっそ、逃げてしまいたい。そんな気持ちにとらわれる。けれど、決してそうしてはならない。ナナキのほんの少しのためらいさえ、ルドヴィクスには響いてしまう。彼を悲しませるようなことを、自分は二度としたくない。

そっと、まるで、ナナキがか弱い小鳥であるかのように、ルドヴィクスは慎重に近づいてきた。室内のもやが、彼につられて舞った。

ああ、彼から薔薇の香りがしている。自分が大好きでたまらない匂いだ。この匂いがすると、自分は笑いたくなってしまうんだ。

ナナキは彼が近づくのを待った。野性的な目をして、布にくるまったまま、裸足(はだし)で彼を見つめる。これほど、魅惑的な光景があるだろうか。

「おまえの痣は、薔薇の形をしている。おまえは、俺の赤い薔薇だ」

ルドヴィクスがそう言ったので、ナナキの口の端はほんの少しだけ上がった。

「それを、見ることができないのが、とても残念だよ」

そう言って、ナナキは布を口元まで引き上げたので、彼の足が膝まで露出した。つややかな膝であった。

ルドヴィクスはナナキのすぐ近く、手を伸ばせばいつでも引き寄せられる距離にやってきた。ナナキは、息が詰まってしまいそうだった。

「とても、きれいだ」

そう言われて、ナナキの全身からゆるゆるとかたくなな気持ちがすべて溶けだし、足下を流れる湯の中に混じって流れて行ってしまった。

「俺も、今、鏡を見て、そう思ったところだ」

「あなたを、愛している。ずっと、愛していた」

「俺もだよ。だから、言っておくけど、今度、俺のことを騙したら、許さない。嘘はつくな。それと、ほかの誰かに目移りしたら、殺すからな」

「わかってくれていると思っていたけれどね。私は、あなたしか見えてないよ」

「俺は、激重い男なんだよ」

「知っている。そこが、好きだ」

そっと、布の合わせ目から、ナナキは手を伸ばす。腕を、ルドヴィクスの首に巻く。口づけをねだる。

ルドヴィクスは一歩、下がろうとする。

「おい、なんで下がる？　俺のことが、嫌いなのかよ？」

「そんなわけないだろ。あなたにふれたら、それ以上のことをしない自信がないんだよ。あなたは、そんなに魅力的なんだもの」

ナナキはしてやったりという笑みを浮かべた。

「じゃあ、そうしろよ。そうして欲しいんだよ」

「ナナキ……」


ルドヴィクスは思い返していた。恋しい相手はちょっとつれないほうが燃えるのだと、そんなことを言った者がいた。そう、それは見習い時代の先輩騎士だった。自分が騎士見習いだと思い込んでいたから、そんな軽口を叩いたのだろう。当時は、そんなものかと流し聞きしていたのだが、今なら、あの者に言ってやりたい。

それは、おまえがその者を真に愛しているのではないからだ。相手を真剣に愛しているならば……――その者のすべてを知りたいと心から望んでいるならば、相手がこちらにすべてをさらけ出している、そのときこそが、何よりも尊く、嬉しいことだとわかるはずだ。

それは、自分と相手だけではなく、すべてを変える力を持つ。現在の相手との関係だけではない。相手の頭のてっぺんからつま先までを愛したとき、自分と相手との出会いから今まで、いや、生きていた道筋すべてが変わる。そんな力が情熱的な恋情にはある。

目下のルドヴィクスが、そうであった。目の前の男をここに送ってくださった女神デアに感謝した。ここまで辿りつくことを助けてくれた、フジコとイルドに感謝した。あんなに憎んだ「愚劣王」の醜く唾棄すべき行いさえも、それがなかったら自分たちはこうしていないのだと思うと、許しそうになるほどだった。

互いが別々の身体であることさえ、今は感謝の対象にしかならない。

それゆえ、ルドヴィクスの口から出た言葉は、驚くほどに謙虚なものだった。

「そなたに、ふれてもいいのだな」

ナナキは、軽くうなずき、布の前をあけることによって、承諾を表現した。

彼が、開いた布の前の合わせから一歩を踏み出す。ルドヴィクスの足にナナキの腿がふれる。彼のしっとり湿った身体が、まとった布の陰から甘い香りを発している。

ルドヴィクスは、上質な絹のシャツと刺繍の入った上着、そして下穿きをはいていた。夜会に出かけるよりは、はるかに簡易な服装ではあったが、ナナキに比べればあまりにも融通が利かな過ぎはしないだろうか。早く、脱いでしまいたかった。彼にふれても傷をつけない身体に、なってしまいたかった。

硬い不躾な生地が彼を傷つけることを恐れて、あまりふれないように、ルドヴィクスはそっと手を伸ばして、彼の顎を指ですくいあげた。

それから、身を屈めて、彼の唇に自分のそれを重ねる。小屋や神殿で交わした口づけなど比べものにならないほどに、深い口づけだった。

それなのに、ルドヴィクスは願っている。もっとだ。もっと、おまえを知りたい。

身体が磁気をまとっている。欲望というヴェールをまとい、互いを露わにしようとしている。

キスは長く続く。しまいには、ナナキの口の中、奥にまで優しく舌を入れて、唾液をからめとった。

「……ん……！」

物も言えなくなったナナキを、ルドヴィクスは名残惜しく離す。

ナナキは唇を手の甲でぬぐっていた。奇妙な顔をしている。

「どうした？」

「おまえの舌、うまいな」

思ってもいないことを言われる。彼の真意をはかりかねて、次の言葉を待つ。

「おかしいよな。舌だぞ、舌。なのに、この口の中で動かれると、なんか、こう、伝わってきて……——うまい」

カアッとナナキは顔を赤らめてそむける。

「舌が好きとか、変態くさいな」

「わかるよ」

そして、おいしいというのも、同意してしまう。

互いの舌の柔らかさと動きで、どれだけ欲しているのかが伝わってくる。含んでいると、自分の口の中にも水分が集まって、滴ってくる。蒸気でしっとりと濡れた奥まで、もやつく火がともっていく。

ナナキは、ルドヴィクスの服を手で摘まんできた。

「ずるいだろ。おまえも、脱げよ」

そう、ナナキは言った。

「ベッドで？」

ナナキがにやりと笑う。

「ああ、もちろん。ベッドでだ」


ようやっと、とナナキは思う。ようやっと、肌をふれあわせることができる。

彼の無粋な服がじゃまをしていたのだが、今は、全部を脱いで、ふれあっている。

「ふう」

ナナキの内腿に、ルドヴィクスの右手の指先がかすかにふれた。

「ん……」

もう、自分がぐずぐずだ。大きなベッドでルドヴィクスが上から覆い被さる形になり、自分たちの髪が、さきほどの蒸気の名残を含んでまとわっている。

自分たちは混じり合っている。彼の薔薇の香りが、自分の匂いととけあう。

彼の指が、ナナキの髪をかきあげた。唇が耳の下につけられる。耳たぶが彼の唇の中に巻き込まれて、うめき声を上げた。

「んん……」

「いいな、その声」

自分の耳を咀嚼(そしゃく)しながら、満足そうにルドヴィクスは言った。耳の先を、彼の舌がかすめていく。彼の吐息が、熱せられた蒸気が、自分の中にそそぎ込まれる。

「ルディ……」

もう片方の手が、ナナキの腰のあたりをさまよっていた。

二枚の唇の間に彼の舌が入ってくる。奥深くまで。口の中をなめ回されてしまう。混じり合う。彼の味も好きだが、自分たちが混じり合った味はもっと好きだと、ナナキは思う。

キスを終わらせたルドヴィクスは、ナナキの左手の指先をその口に含んだ。

「え、え」

指の間を舌がそっていく。

笑いたくなるような、快感。

「なあ、ナナキ」

熱に浮かされたように、ルドヴィクスはナナキに話しかける。

「私は、おまえの全部をなめ尽くしたい。小さく丸めて、口の中に入れて咀嚼したい。それぐらいの、乱暴な欲に囚われている。だけど同時に私は、おまえに小さな傷一つつけたくない。その肌にどんなかすかな傷でさえも残したくはない」

指から手のひらに彼の舌が来た。

ナナキの腹の中から染み出るように、高ぶっていく。下半身の熱が閉じこめられて苦しい。自分の指でふれていたのだが、胸の突起に舌をからめられたときに、思わず達してしまった。

「うわ……」

指が濡れている。自分のあっけなさに情けなくなる。自分にこんな強い性欲があること自体が、なんだか信じられない気分だった。このまえ欲を覚えたのがいつだったか、ナナキには思い出すことさえできないのだ。

「おまえの恥ずかしそうな顔は、いいな」

布でナナキの指と性器をぬぐいながら、ルドヴィクスはそう言った。彼は布越しにナナキの性器をもてあそんでいる。自分のペニスは、また、芯を持とうとしていた。

ナナキは驚嘆していた。

セックスとは、こんなにも特別なことだったのか。欲を吐き出すだけだと思っていたのに、それは過程にすぎず、果てがないほどに互いをとけ合わせる。

「腰を上げられるか」

ナナキはルドヴィクスにされるがままに、うつ伏せになると腰を上げた。

「顔が見られないのが、残念だな」

そう、ルドヴィクスは言ったのだが、ナナキにしてみれば顔を見られるなんて、冗談ではなかった。今、自分はかつてしたことのない表情を浮かべていることだけは、保証できる。

ルドヴィクスの指が、ゆっくりと中に入ろうとしている。

「おまえの指、好き……」

とろりとした意識の中でそう言うと、ルドヴィクスは笑った。

入ってきた指が中でうねった。内部を撫でながら、その場所を自分に明け渡すことを懇願してくる。

「それは、よかった」

背中の下のほうに、彼の舌がふれた。指が抜かれて、肌がぴったりと重なってくる。

「ん……！」

彼が、侵入してきた。

——嘘だろ。

自分の身体が、こんなことができるなんて。今、こうしていても、信じられない。この人

と、官能を共にしている。感覚を一つにしている。

ナナキの身体は、少し身動きするだけで、ついていってしまいそうになっている。なので、なじむまで、ルドヴィクスはゆっくりと動いていった。

彼の手が、ナナキの腰をさすり、さらに上がってきた。腹まで。それから、胸を撫でる。

「だめ」

ナナキは頭をベッドにつけて気を逃がす。

「なんで。いってしまえばいいのに」

「やだ。みっともないから」

「その、みっともないところが見たいんだ」

そんな意地悪を、ルドヴィクスは言う。彼の唇がうなじの「証」にふれ、ナナキはうめいた。下半身が痺（しび）れてしまうような快楽だった。

「おまえの顔を見せてくれ」

ゆっくりとルドヴィクスの性器を抜かれた。果てぬまま、出て行く彼が、名残惜しくてたまらない。

彼は、ナナキを仰向（あおむ）けた。

「私は、おかしくなりそうだ」

ルドヴィクスは言って、再び、この身体をかき分けてくる。

「傷つけたくないのに、狂おしいほどに欲している。むちゃくちゃにしたいのに、だいじにしたい。おまえは、いったい、なんというものなのだ……」

足を絡めて、ナナキは声をあげた。

「いい」

よかった。よくて、よくて、たまらなかった。

だから。

「ルドヴィクスも、よくならないと、許さないから」

ナナキの目は潤んでいた。自分でもなにを言っているのかわからず、うわごとのように彼は言う。

「ルディ、ルディ……好き」

「おまえは、たまらない」

このような男は、二人といない。

「愛している……」

ナナキの一番奥まで、ルドヴィクスは進んだ。そのような場所があることをルドヴィクスもナナキも知らず、もたらされる頂点に、二人してあえぎ続けた。

「く……ふう……っ」

ナナキの目の前がちかちかする。自分の中を駆けめぐっている奔流のもって行き場がなくて、爆発しそうだ。

「ルディ……！」

呼ぶと、彼が手を握ってくれた。そして、彼が身をかがめて自分の耳元で、かすれた声で名前を呼ぶ。

「ナナキ……」

それが、絶頂を示していることを、ナナキは身体で知った。自分もまた、再びの絶頂をみる。

「ああ……」

混じり合う想いに、二人は身体を絡めた。


寝室のベッドの上に、ナナキは身を横たえている。ルドヴィクスがシーツを交換し、清潔な夜着に着替えさせてくれた。

ルドヴィクスがドアのところで、リリサから食事を受け取っている。それを、ナナキのところ、サイドテーブルまで運んでくれた。椅子に座って聞いてくる。

「米の粥にしてもらったのだが……食べられるか？」

「うん」

「せっかくよくなったのに、喉をからしてしまったな」

ルドヴィクスがしょげた顔をしていたので、額を寄せてやった。

「俺がしたくてしたんだ。文句はない。それに……」

ああ、こういうことを言うのは、めちゃくちゃに恥ずかしい。だから、ナナキは掛け布にもぐりこんで、小さく言った。

「すげえ、よかったよ」

「かわいいことを」

掛け布の上から、ルドヴィクスはナナキにキスをふらせる。

「こんな気持ちになったのは、おまえが初めてだ、ルドヴィクス。…………いや、違うな。もう一人いたな」

ルドヴィクスの動きが止まった。ナナキはそっと掛け布をのけて、彼を見る。そのときの、ルドヴィクスの顔は見ものだった。彼は顔色を変えて「まさか」と発し、真剣な顔で考え込み始めている。

「男か？　女か？」と聞いてきたので、あまりの迫力におされるようにして、「男です」と正直に答えると、彼は天を仰ぐ。それから、彼はベッドの上に突っ伏した。そして、顔だけをナナキに向けて言った。

なんだろ、この会話。高校生とか中学生かな。そんな衝撃を彼に与えてしまったことに、驚きと後悔を感じる。

「ああ、まさか」

凄い。あの、ルドヴィクスが、先ほどまで、この身体を翻弄していたルドヴィクスの感情が、それはそれは大渋滞している。

「いや、聞きたくない。だが、ここまで聞いてしまったからには、聞きたい。それは、俺の知っているやつか？　そうだな？」

　正直に、こくりと頷いた。

「だれだ。まさか、イルド。いや、サンチョか。そうなのか。聞きたくない。いや、言って欲しい」

　なんだよ、その人選。ナナキは言った。

「ラティスだよ」

　ルドヴィクスは、口を半分開いた。それから、額を叩くと、そのまま椅子ごと背後に倒れ込みそうになった。危ない。

「ルディ、大丈夫か？」

「なんだ。ああ、なんだ。よかった」

　椅子を立て直すと、彼は息を吐いた。心底、安堵したようだった。

「いいんだ。ナナキが昔、誰を好きだろうと。でも、あなたは、愛情がとても深い人だから。一度愛したら、忘れない人だから。ああ、よかった」

　ルドヴィクスはああよかったと言うけれど、ナナキのほうはと言えば、たとえ閨の睦言であろうとも、この手の話にはもっと慎重になろうと心に決めたのだった。自分の愛は重いが、ルドヴィクスもずいぶんだ。

ルドヴィクスから、いい匂いがしている。薔薇の香りなのだが、そこに、何か、温かいくすぐったい香りが混じっている。

「おまえの匂いと俺の匂いが混じり合っているんだ。このうえもない、芳香だ」

ルドヴィクスはそう言ったので、ナナキもまたうっとりと目を細め、「そうだね」と同意したのだった。

「お粥、ちょうだい」

「ああ、だいぶ冷めてしまったな」

「食べさせて」

「喜んで」

このようにして、ナナキとルドヴィクスは真につがいとなったあとの甘いひとときを堪能（たんのう）したのであった。

■30　春を待つころ

年が改まり、二ヶ月が過ぎた。

ローザ公国王宮内。女神デアの神殿に、ナナキは一人、入っていった。正面高く、薔薇窓から日が入り込んでいた。

それが、床や自分を彩っている。

正面の若干グラマラスな女神に向かって、手を組んで膝を折る。

こちらに転生するときに話しかけられた。あのときには、なんてよけいなことをと憤った。

それをまずは謝罪する。

「あのときには、暴言を吐いて悪かったよ。全然よけいなことじゃなかったし、もう一度やり直せたことには感謝しかない。無事に、俺たちはつがいになった。俺には、オメガの証が浮かんだ。うまくやってるよ。この絆をだいじにして、生涯をかけてこの国のために尽くし、ルドヴィクスを愛し抜くことを誓う」

女神を見上げて、その顔を見つめる。なんだろう。女神はかすかに笑ったような気がした。自分の気持ちがそう見せたのかもしれない。

神殿から一歩出ると、いきなり寒さを感じる。来たときには夏の終わりであったのに、今はもう、冬のまっさかりだ。ルドヴィクスが待ち構えていた。彼は、自分の白い毛皮のコートを羽織らせてくれた。

「ありがとう」

コートは軽くて暖かい。毛皮が顎をくすぐる。そこまで寒くないのだが、ルドヴィクスは自分の世話を焼いたり甘やかすのが大好きだから、しょうがない。

ナナキは自分がにやついているのを自覚する。ルドヴィクスは聞いてきた。

「女神はなんと？」

「なにも言わなかった。けれど、とても優しい顔をしていた気がするよ」

「それでいいんだよ」

そう、ルドヴィクスは言った。

「私も何度も女神の像には祈りを捧げているけれど、そのときそのときで、優しいお顔であったり、厳しいお顔に見えたりする」

そう言って、警護の騎士がいるのに、頰にキスしてきた。

神殿の大階段を下りながら、話をする。

「ナナキ。サンチョ商会の二人はどうしている？　たいそうに世話になったが」

「あの二人は、今、自分たちのいた村に帰ってるんだ」

女神の加護を受けられないオネア村は、あっという間にさびれてしまった。けれど、加護が復活した今、森は雪の下からよみがえりつつあるという。春になれば本格的に復興工事が始まる。その打ち合わせに行っている。オネアの麦酒が飲める日は近いだろう。

「やっぱり、自分の村が心配だったみたい。でも、こっちの店が順調だから、村での話し合いが終わったら、帰ってくるって言ってた」

「そうか。心強いな」

「そうだね」

サンチョとネリーはナナキとフジコを助けてくれたため、ローゼリムにある店舗兼住宅を下賜され、さらにはサンチョ商会は「公王家御用達」の称号を賜っている。

ルドヴィクスは言った。

「ランバルドもいい方向にいきそうだ」

資源豊富なローザ公国が女神の加護のもと、盤石であることを知った隣国ランバルドでは、軍拡派の力が弱まり、政権が覆った。今の王は穏健派で、早々に、和平交渉が成立した。軍も大幅に縮小するそうで、来年には果物やオリーブを中心に農作物の収穫量が上がりそうだ。

「なので、こちらとしても輸出品を、農作物中心からワイン、チーズ、工芸品などに切り替えるつもりでいる。いい職人が大勢いる。国が少し助けてやれば、きっと、うまくいくだろう」

「そっか。よかった」

今日はこれから、イルドのお見舞い兼昼食会である。

イルドの部屋に行くと、彼は長椅子に横たわり、フジコに本を読んでやっていた。狼たちはみんなそうなんだろうか。互いへの親愛を隠そうともしない。イルドはていねいに読んでやっており、時折フジコの頭を撫でてやる。眼差(まなざ)しが柔らかい。

歳の離れた兄妹のように、見える。

自分もよく、妹に本を読んでやったなあ。同じ本を何度も、何度も。わからないだろうからと飛ばすと、「にーたん、ちがうの」と抗議されたものだ。おかしいな。あんなにつらかったふたばとの思い出が、今は温かく感じる。

「一目見たときから、この美しい乙女が大好きになりました。乙女もまた、同様に若者を好きになったのです」

創世記の話のようだった。創世記もきっと、いろいろあったんだろう。行き違いがあったり、けんかしたり、しただろう。だが、お話のラストはこうだ。

「めでたし、めでたし」

イルドには、ナナキの煎じた薬を飲ませている。

ナナキの薬が効いたか、女神の加護か、フジコのおかげか。最初に会ったときより、ずいぶんとイルドは元気になってきた。最近では、中庭まで散歩することさえできるようになったし、食欲も出てきたようだ。

「イルド、げんきになった」

フジコも嬉しそうだ。

「そうだね。フジコのおかげかもね」

ナナキがそう言うと、フジコはにっと笑った。

「フジコ、すごい？」

「すごいよ。いつでも、フジコは最高だよ」

「ほめて」

そう言って、ナナキの近くに来ると、目を閉じて目一杯背伸びをする。口がきゅっと結ばれている。ナナキは、たまらず、フジコのくせのある髪をくしゃくしゃになるほど撫でてやった。

「ああ、かわいいなあ。フジコは、ほんとに、かわいいなあ」

フジコはご満悦だ。結ばれていた口がむにむにと緩んでいる。

「フジコ、かわいい？」

「ああ、かわいい。世界一だ」

うん、いいぞ。そのまま、無敵で行け。

くんくんとフジコの鼻が動いた。

「いい、匂い」

そういえば、腹が減ったと思っていると、スープの香りが漂ってきた。

ルドヴィクスが隣室への扉を開いた。

「昼食を用意させてあるんだ。どうだ、みなでいっしょに食べるというのは」

隣室に入ると、あたたかいシチュウとパン、花野菜を入れた川魚のテリーヌ、そして、肉料理があった。シチュウからは香草の香りがしている。

「これは、もしかして」

「そう。おまえのレシピで料理人に作らせたシチュウだ」

ナナキがシチュウにはこれが合うと厳選したハーブを使っている。

野草は、薬にもなれば、香草にもなる。おいしいうえに身体にもいい。こんど、サンチョ商会で扱ってもいいなと思ったりする。ルドヴィクスはナナキに同意する。

「国民が健康になれば、女神デアのお心にもかなうだろう。国民の一人一人が、我が国の財産だ。一人残らず、元気でいてほしいからな」

「イルドも、もっと、げんきになる？」

フジコに言われて、どっと笑う。

「ああ、フジコに一本取られたなあ。そうだね、ぼくがまず元気にならないとね」

なんだろ、これ。ナナキは思っていた。

ここにいるのは、すごく近い人たちのようだ。

イルドとルドヴィクスは兄弟みたいだし、自分とフジコも似ているからか。

「ほんとの、家族みたいだ」

そう言うと、ルドヴィクスはうなずいた。

「家族だろう。私はそう思っている」

自分とルドヴィクス、フジコとイルド。

生まれたところも性別も種族さえ違うのに、今ではこんなにも親しく感じる。

それにしても、フジコはずいぶんしっかりしてきた。

「狼は、人間よりも大きくなるのが早いんだ。イルドも最初は年下の弟のようだったが、今は兄貴面だからなあ」

フジコはいつか、イルドのお嫁さんになるのかな。そうなったら、嬉しいけど、寂しいなあ。いつの日か、イルドとフジコの子どもが見られるのかな。

ナナキは思い出す。そうか。自分が身ごもるってのもあり得るんだった。まったくぴんとこないんだけど。

隣のルドヴィクスを見ながら、考える。

そうしたら、ルドヴィクスはどんなにか嬉しがるだろう。彼にたくさんの喜びを与えてやりたい。あふれんばかりに、満たしたい。

ナナキは宣言する。

「春になったら、狼たちが北に来るんだよね。イルドとルディ、ぼくとフジコ、みんなで、会いに行こうよ」

ルドヴィクスを見つめる。ルドヴィクスもこちらを見る。

手を彼の頬に当てる。その手を、ルドヴィクスの手が包み込む。

今も、ナナキの奥底には、川のように深い思いが流れている。それが、ここまで連れてきてくれた。その思いを源泉として、愛は湧き上がる。どうしようもなく。

ありったけの愛を、あなたに注ごう。これからも、ずっと。

「愛しているよ。ルドヴィクス」

「私もだ。愛している。ああ、そうだな。春が待ち遠しい」

ルドヴィクスは最高の笑みとともに、そう言ってくれた。

あとがき

ローザ公国にようこそ。ナツ之えだまめです。


私、この小説のために狼について調べたのですが、参考文献のうちの一冊はかなり古いものでした。著者である動物博士ってば、自宅が東京近郊であるのにもかかわらず、お庭で狼を飼っていたそうです。とってもよく懐いていて、幼い娘さんの言うこともよく聞いたとか。

狼を飼うなんて、なんてうらやましい……。

私なんて、犬にさえ、ほえられるのに。

それも、尋常じゃないくらいに、ほえられまくるのに。

自分で言うのもなんですが、私はそこまで人相、悪くないです。よく人様に道を聞かれる、人畜無害さを誇っています。

でも、犬にとっては違うらしいのですよ。私を見た犬は、毛を逆立てて唸ります。どんな小型犬でも、です。飼い主さんが「だめよ、ペロちゃん（仮名）。ごめんなさい、いつもはこんなんじゃないんですけど」と謝ってくれます。

いいんです。これはもう、きっと、こうです。私の前世は地獄の番犬ケルベロスと対決した女なんです。だから、すべての犬は、ケルベロス様の仇として私に牙を剝くんです。

——という、妄想はここまでにして（犬にほえられがちなのは、ほんとう）。

この話は、運命の相手なのに嫌いになって、その仮の姿のほうに好意を持ってしまう……——という筋立てでいこうと思いました。

まあ、いろいろ、いろいろ、まあ、いろいろ、あでもないこうでもないと、こう……——。いろいろと。

ああ、担当様、申し訳ありません！（なにか、思い出しているらしい）感謝しかないです。次こそ、一発で初稿を通せるやつになります。

作中のナナキは自他共に認める重い感情を持っている男です。でも、どうしても譲れないものがある、不器用な人って、私はけっこう好きだったりします。ルドヴィクスは、それを喜んで受け止める技量のある攻なようなので、なによりです。よかった、よかった。

主人公の二人をはじめ、出てくる人たち&狼たちはみんな好きなのですが、それとは別のベクトルでひそかなお気に入りは女神デアです。へっぴり腰のこの女神を書くのが、たいそう楽しかったです。ナナキに「いきなり、なんだよ?」とか、「よけいなこと、すんなよ」とか言われて、涙目になってしまうあたりが特に。

亀井高秀先生。

今回のイラストも、目がくらむほどに美しかったです。

ありがとうございました。

じつは、表紙案として三案いただいたのですが、どれも素晴らしくて、一つに絞るのがつらかったです。

（まだの方は、ナツ之えだまめの本のうち、『富豪とお試し婚なのに恋寸前です』『悪役令息ですが竜公爵の最愛です』が亀井高秀先生のイラストなので、ぜひぜひごらんになってみて下さいませ、という、アキマ＝アキラカマーケティング）


そして、なによりも、読者様に、改めての深いお礼を。ありがとうございます。

読んでくださる方、待っていてくださる方がいらっしゃるから、とってこれるんだなあとつくづくと思います。

また、物語でお目にかかりましょう。

ナツ之えだまめ

✦初出　転生Ωだけど運命のαにはなびかない……………書き下ろし

ナツ之えだまめ先生、亀井高秀先生へのお便り、本作品に関するご意見、ご感想などは
〒151-0051 東京都渋谷区千駄ヶ谷 4-9-7
幻冬舎コミックス　ルチル文庫「転生Ωだけど運命のαにはなびかない」係まで。

RB 幻冬舎ルチル文庫

転生Ωだけど運命のαにはなびかない

2024年7月20日　第1刷発行

✦著者　ナツ之えだまめ　なつの えだまめ

✦発行人　石原正康

✦発行元　株式会社 幻冬舎コミックス
〒151-0051 東京都渋谷区千駄ヶ谷 4-9-7
電話 03(5411)6431[編集]

✦発売元　株式会社 幻冬舎
〒151-0051 東京都渋谷区千駄ヶ谷 4-9-7
電話 03(5411)6222[営業]
振替 00120-8-767643

✦印刷・製本所　中央精版印刷株式会社

✦検印廃止

ISBN978-4-344-85448-2　C0193　Printed in Japan